ニライカナイ　～永劫の寵姫～

高岡ミズミ

C O N T E N T S ✦目次✦

ニライカナイ ～永劫の寵姫～

✦カバーデザイン＝久保宏夏（omochi design）
✦ブックデザイン＝まるか工房

イラスト・笠井あゆみ✦

ニライカナイ　〜永劫の寵姫〜

序

子どもの頃から青空が苦手だった。

いまだ外出自体不得手で、普段はほとんど引きこもって過ごしているものの、週に一度、木曜日には必ず近くのスーパーに通うと決めている。

行かなくてすむならやめたい。しかし、人間は食事をしなければならないので生きていくためにはしようがない。

晴れやかな初夏の午後、スーパーの袋を手に、下方へ視線を落としたまま足早に自宅を目指す。

空の青や雲の白、目に痛いほどの木々の緑、鮮やかな花、鳥、動物、もとより人々。それらすべて、自分にとってはまるで紙芝居でもあるかのごとく遠く、嘘くさい。

早くお迎えが来てほしいと近所の老人がこぼしていたというが、自分にとっては切実だ。一刻も早く現世とおさらばしたいし、そうすべきだと思っている。

「あ……あら。こんにちは」

声をかけられ、びくりと肩を揺らすと同時に視線を上げる。

ぼんやりと霞がかかって顔はよく見えなくとも、相手が躊躇しているのは声音から伝わってきた。

変人と噂の年寄りにも挨拶をしてきたところをみると、おそらく近隣の婦人だ。そう思いつつも足を止めず、無言の一礼のみで立ち去る。

これ以上なにを言われたところでいまさらだった。

変人。偏屈。厭世家。気難しい老人。

ご近所どころか、家族にすら敬遠されては救いようがない。しかも年齢を重ねるごとに悪化していくなど、さぞかし周囲は迷惑していることだろう。

自分自身ですら嫌気が差しているのにうっかり妻より長くこの世に留まってしまったのだから、世の中というのは皮肉なものだと思う。

早くお迎えを。

心中でそう呟いたときだ。どこからともなく懐かしい声が耳に届き、はっとして周囲を見回す。

「ここよ」

その声は、銀杏の木の陰にひっそりと隠れて立っている地蔵からだった。

これまで何度か往復した道だが、地蔵があるとは今日まで気づかなかった。もっとも足元ばかり見て歩いていたので、それも当然だろう。

「そういえば、現世では地蔵でしたね」

迷わずそちらへ寄ると、本来の姿とは似ても似つかないやけに可愛らしい姿の地蔵を、立ったままで見下ろす。どうやら信心深い人間がいるようで手入れは行き届き、地蔵の前には饅頭が供えてあった。

その者はきっと死後に地獄に落とされるはめにはならないはずだ、などと考えていると、懐かしい声がふたたび呼びかけてきた。

「その身体は、まもなく寿命が尽きるぞ」

地蔵の一言には微塵も驚かない。むしろ待っていたのだから、やっとという思いが大きかった。

「遅すぎるくらいです」

本心からそう答えると、地蔵の見た目には似つかわしくない憂慮を含んだ言葉が投げかけられる。

「そうは言っても、現世に心残りのひとつもあるのではないか。早めに身辺整理しておくことだ」

「もうできておりますので、一刻も早くお願いします」

深々とお辞儀をしてから、その場を離れる。実際、嘘偽りはなかった。

確かに子や孫に対して負い目がある。他人にどころか家族にもずっと背中を向けてきたせいで、親や祖父らしいことをした記憶が微塵もないうえ、罪の意識も常にあった。

おそらく恨まれているだろうと思うと、気が重くなるのも事実だ。

とはいえ、なにもかもいまさらだった。

骨董店(こっとうてん)を始めるという名目でひとり自宅を離れるような人間が、心残りなどと、たとえ死期が間近に迫っていても口にするべきではない。

やっと自宅に帰り着く。乱れた息を整えつつ扉を開錠すると、外界以上にむっとする熱気に襲われ眉根(まゆね)が寄った。

「それ以上近づくな」

壺(つぼ)や大皿、茶簞笥(ちゃだんす)等が所狭しと並んでいる中、隅にある古い長持(ながもち)に言い放つ。先週、半ば無理やり押しつけられたそれは明治時代の代物で、曰(いわ)くつきという話のとおり、三十代と思(おぼ)しき女性がついていた。色恋沙汰(いろこいざた)のあげく殺され、長い間長持に遺棄されていたらしく、いまだ持ち主の周囲では婚約破棄や離縁が続いているという。

うちは骨董店なのでゴミ処理場にでも持っていってくださいと突っぱねたが、持ち主は一刻も早く手放したかったのか、押し問答のすえに結局預かるはめになったのだ。

もとより先方はこちらの事情について知るはずもない。死者が見えるなどと他言すれば、変人どころか頭のおかしい人間扱いだ。

にもかかわらず、どういうわけか曰くつきの代物が頻繁に持ち込まれるのは――偶然か、それとも業(ごう)か。

死者が見えるなど、厄介なだけなのに。

ため息を押し殺し、店の奥へ進み、自宅へ通じるドアを開ける。

食材を片づけたあとは、いつお迎えが来てもいいように少ない私物を風呂敷にまとめ、処分を頼むために息子へ一筆したためようと卓袱台についた。

息子の顔を脳裏に思い浮かべると、ちくりと胸が痛む。自分がおかしいのは仕方のないことだとあきらめているが、よもや異常性が引き継がれるものであるとは——予想だにしていなかった。

もしわかっていたなら、子を持つなど考えもしなかっただろう。

ひとり、ひっそりと人生を終えたものを。

池端颯介という人間の一生を。

「…………」

こんなことを考えること自体、ひとの親として失格だと重々承知していながらも、この期に及んで後悔が尽きない。

書いては便せんを破り捨てて——を何度かくり返し、結局、手紙を残すのはやめる。いまさらなにを書き連ねたところですべて無意味だ。

立ち上がり、茶簞笥に歩み寄ると電話機に手を伸ばす。手紙は断念したが、発見が遅れるとなおさら迷惑をかけるはめになるので、息子には一言知らせておきたかった。

呼び出し音が途切れる。

「清貴か。私だ」

そう話しかけると、父さん、と息子——清貴の声が返ってきた。

『めずらしい。三カ月ぶりくらいですか？　電話。前は、まだ涼しい頃でしたから』

清貴の言葉に、まだ三カ月しかたっていないのかと思う。一日、一年はうんざりするほど長い。

長く生きすぎたせいだ。

ひとつ息をついてから、口を開く。わずかながらの預貯金と『青嵐』の処分について話すつもりだったのに、これで清貴と話すのも最後だろうと思った途端、まったく別の言葉を発してしまっていた。

「おまえの妙な力は、私のせいだ。すまなかった。伊織にも謝っておいてくれ」

娘の子、孫の伊織の名前まで持ち出して謝罪する。

『え、どういうことですか』

清貴は、突然の告白に戸惑っているようだ。

「おまえたちに起こっていることに気づいていながら、私は——恐ろしくて知らん顔をしてしまった。現実から目をそらしたいがために……」

これほど身勝手な父親はいないだろう。悔やんでも悔やみきれない。

清貴は黙っている。それをいいことに、なおも言葉を重ねていった。

「逃れられない力のせいで、私は死者ばかりに目を向けて生きている家族に背を向けた……だから、おまえたちはどうか……」

縮こまらず、恥じず、まっとうに生きてほしい。そう続けようとしたが、はっとして口を噤む。いったい自分は清貴になにを望んでいるのか。

望む資格があると、一瞬でも思った自分に愕然とする。きっと清貴も呆れているにちがいない。

どんな罵倒も受け止める覚悟でいたけれど、しばらくの沈黙のあと、ようやく返ってきたのは想像していた恨み言ではなかった。

『俺の妙な力って、なんの話をしてるんですか?』

「…………」

当然の反応だ。急にこんな話を切り出されても困るだろうし、自分でもなにを口走っているのかと、内心厭(いや)になっているのだ。

それでも、どうしても言わずにはいられなかった。死期が迫っているからといっていまさら都合がよすぎると重々承知していても。

「とにかく……私のせいで、申し訳ないと思っている」

本当になにがしたいのか。まさか許しが欲しいとでもいうのか。言葉にする端から後悔し、さらなる罪悪感を募らせる。

清貴はなにかを感じ取ったらしい。

『父さん……なにかあったんですか。俺、仕事が終わったらそっちに行くから、そのときに話しましょう』

慌てた様子で持ちかけられ、そうだなと返す。おそらくその頃には自分はもうこの世にはいないだろうが、それについてはあえて口にはせず、今度は心中ですまないとくり返した。

「それじゃあ――清貴」

『……父さん』

なにか言いたげな様子の清貴には気づかないふりをして、短い電話を終える。

風呂に入って真新しい浴衣に着替えをすませたあとは、その瞬間を待つばかりだ。

「それにしても、見た目に似合わず律義な」

地蔵の姿でわざわざ最期を告げにきてくれた面倒見のよさに、苦笑する。愚かな元配下に心残りを気づかせるためだったのだとすれば、さすがというほかない。

襖を開けて縁側に腰掛けて小さな庭から夕闇の迫ってきた空を仰ぐと、清貴の声を聞いたからなのか、がらにもなく胸の奥が疼いた。

「――美しいな」

不思議と景色がちがって見えた。これも死に際のせいなのか。吐息をこぼした、直後。突然、視界が閉ざされる。たったいままで見えていたはずの風景は消え、闇の中に放り込まれた。

それと同時に意識が薄れていき、ああ、これでこの世ともおさらばだ、七十年の長かった人生がやっと終わる、とどこかほっとした気持ちになる。

自分でも意外だったのは、今際(いまわ)の際(きわ)にあって、ずっと清貴と伊織の顔が浮かんでいたことだった。

締めつけられるような胸の痛みは、罪悪感。そして——。

「……どうか、ふたりに厄災が降りかかりませんように」

その言葉を最後に静かに目を閉じると、身を委ね、深い闇の奥底へと落ちていった。

壱

――那勿(なじゃく)。

ふと、耳元で懐かしい声を聞いたような気がして、睫毛(まつげ)を瞬かせる。やはり現世での死が訪れたようで、とっくに三途(さんず)の川を渡り終え、気づけばいつの間にか死者の長い列に並んでいた。

無表情で、虚(うつ)ろな目をした彼らの行き先はわかっている。

裁きを受けるための場所、閻魔(えんま)の庁(ちょう)だ。

ここでは老若男女関係なく、自分の順番が来るまでひたすら待ち続けなければならない。死者ゆえに疲れや焦りと無縁であるのは、幸運と言えるだろう。

遙か遠くには、巨大な門扉が見える。その先にある館の裁きの間で粛々と死者の振り分けを行っている閻羅王(えんらおう)の姿を瞼(まぶた)の裏に思い描いた颯介は、切なさに似た心境になり、大きく息を吸い込んだ。

現世に馴染(なじ)まなかったわけだ。つくづく自分は、向こう側の者ではなかったのだと実感する。なにしろ歳(とし)を重ねるにつれて前世の記憶が明瞭になっていき、果ては自身の名前からお役目、状況に至るまですべてを思い出してしまっていたくらいだ。

どうせ転生させるならすべて白紙の状態にするくらいのことはしてほしかったと思うものの、やはりお役目の宿命はどんなに見た目や環境が変わろうともついて回るものらしい。かといって冥府の居心地がいいわけでもなく、あちらよりはこちらのほうがまだいいという程度にすぎないが。

皺とシミだらけの手に視線を落としたときだった。

「あ、いたいた！」

その言葉と同時に、ぐいと腕を引っ張られて颯介はたじろぐ。目の前にいるのは、閻羅王の五部衆のひとり、天冠だった。

「なぜ、ここに」

いまは閻羅王の裁きの真っ最中、お勤めのさなかではないのか。覚えず忠告したところ、きらきらと輝く正装に身を包んだ天冠は、金色の髪をふわりと揺らして不服そうに唇を尖らせた。

「その言葉、そっくり返すから。なに普通に列に並んでるの？　回りくどいことしてないで直接戻ってくればよかったのに」

「いえ、私は——」

躊躇する間にも列から連れ出される。急かされるに任せて、何百、何千という死者を追い越し、行列の先頭まで来るや否や巨大な門をくぐった颯介は、間近で館を仰視した瞬間、ぴたりと足を止めていた。

「……っ」

総毛立つような感覚に襲われる。あるいは、一気に血の気が引いていくような。

いったいどうしたというのか。

扉を前にし、立ち尽くした颯介の背中を天冠が押してくる。

「ほら、早く」

まるで鉛でもぶらさがっているかのように重くなった足を無理やり動かし、天冠のあとについて中へと入った。

直後、自分の身に起こっていることが畏怖のせいだと気づく。高い法壇に鎮座している閻羅王は威厳に満ち、その眼前に罪深い己の身をさらすことを想像しただけで身が縮む思いがした。

構わず天冠が扉を開ける。

死者の列の向こうに、いまは無人の法壇が見える。いつもあの場所で閻羅王が木槌（ガベル）を鳴らし、雷鳴のごとき声を轟（とどろ）かせるのだ。

明瞭にその姿を脳裏によみがえらせると半ば無意識のうちに後退（あとずさ）りし、天冠の背中に隠れた。しかし、前方、閻羅王の登壇を待つ浄玻璃（じょうはり）の鏡（かがみ）とうっかり目が合ってしまった。

「那笏！」

白い肌を微かに紅潮させた浄玻璃の鏡は、真っ白な長衣の袖をはためかせて駆け寄ってくる。

「戻ったのか」

そう言ってきたのは閻魔帳で、強面とそっけない話し方に反して、颯介を見てくる双眸は穏やかそのものだ。彼の生真面目な気質が表れている。

「おじいちゃんになっても、僕には那笏がすぐにわかったよ」

きらきらと瞳を輝かせながら、天冠が嬉しそうに笑う。

法壇、そして閻羅王を燦然と輝やかせる華やかな天冠・天樹、死者が現世で犯した罪をあますところなく映し出す浄玻璃の鏡・玻琉、生前の善悪のすべてを記録する閻魔帳・遙帳。閻羅王の側近中の側近、五部衆のうちの三人に囲まれる形になって颯介はなにも言えず、内心たじろいでいた。

なぜなら、みなに笑顔で迎え入れてもらえる資格が自分にはないからだ。転生という形になったのは閻羅王の恩情。立場を放棄し、逃げ出した自分はすでに仲間ではなく、ひとりの老人、いまは死者でしかなかった。

「なあ。いつまでそれでいるの?」

天樹が無邪気な様子で腕を引っ張ってくる。

「あまり強くしないでください。なにぶん年寄りなので」

思わず腰を押さえた颯介に、遙帳は黒い官服の襟元を正しながら熟視してくると、頭の先からつま先まで目線を動かしていった。

「それで、いつまで老人の姿でいるのだ」

明言を避けた天樹に対して、遙帳は老人とはっきり口にする。見た目も美しい彼らからすれば、現世の年寄りの外見には違和感があるようだ。

「いつまで、と言われましても」

私は池端颯介という名の老人ですから――そう返そうとしたが、

「そうですよ。早くもとの姿に」

玻琉までもが口を開き、追い討ちをかけてくる。

「早くもとの若い姿を取り戻して」

天樹にもせっつかれ、わざと颯介はため息をこぼした。

以前となにも変わっていない。この七十年などなかったかのように親しく接してくる三人にはどう応じればいいのか、困惑があった。

「普通は、ぎくしゃくするものじゃないんですか？」

なにしろ七十年ぶり、いや、七千年ぶりなのだ。

「普通ってなに？」

天樹が不思議そうに小首を傾げ、丸い目をくるりと動かす。

「それは――」

天樹の言うとおりだ。あちらでもこちらでももっとも普通からかけ離れている身で普通を語ろうとするなど、愚の骨頂だろう。

「わかりました」

颯介は現在の姿形を捨て、変容する。老人から徐々に若返っていき――ふっくらとした丸い頬（ほお）の童子（どうじ）になった。

「え、どうして」

「那笏。なにを……」

驚くみなに構わず、シャツの袖を捲（まく）り、スラックスのウエストを絞り、裾（すそ）を折ってから肩までの黒髪をひとつに結う。

「若くなるように言われたので」

これで文句はないはずだと、唖然（あぜん）としているみなよりも数十センチ低い位置からそう言った。

「確かに言いましたが」

「やりすぎ」

愚痴をこぼされてもこれ以上変わるつもりはない。そもそも死者の姿形などここでは無意味、些末（さまつ）なことなのだ。

重要なのは、生きているうちになにをしたか、あるいはしなかったか、だ。その結果により天国に行けるか、地獄に堕ちるか沙汰が下される。

「積もる話もあるだろうが、ひとまず切り上げてはどうか」

直後、館内に響き渡った声に、颯介は自然に直立不動になる。

声の主こそ冥府でもっとも畏怖、崇拝される存在——閻羅王、そのひとだ。

現に颯介も閻魔の庁に一歩足を踏み入れた瞬間から姿の見えない閻羅王を意識していて、みなと話している間も震えが止まらなかったほどだ。

周囲にあふれ返っていた死者たちはいつしか消えている。

この場にいるのは、自分と五部衆の三人、そして閻羅王のみだった。

自分はもとより他の三人も口を閉じ、目礼して閻羅王の言詞を待つ。静かな、緊迫した一時が流れるなか、颯介は緊張から胸を喘がせた。

頭上に煌びやかな冠を戴き、目の覚めるような黄色の法衣を纏った閻羅王は、現世で目にした絵や像とはまるで異なる。あの厳めしい描かれ方はおそらく地獄の王のイメージからきたものだろうが、実際の閻羅王は長身で端整な顔立ちをしている。切れ長の澄み切った目も高い鼻梁も一文字の唇もすべてが完璧だ。

現世ではよく誰に似ているかとか、どんなタイプかとか他者と比較したがるが、閻羅王にはその対象がない。

唯一無二。

閻羅王は冥府の王であり、冥府そのものだと言ってよかった。

「那笏」

閻羅王に名前を呼ばれ、唇を固く引き結んだ颯介は覚悟を決めて法壇へ進み出た。

「はい」

どんな嘘も見抜く双眼に射貫(いぬ)かれると、身体じゅうがびりびりとする。この場に立っているのが精一杯で、いまにもへたり込んでしまいそうだった。

「あちらはどうであったか?」

直球の質問に即答を避け、一度目を伏せる。

「此度(こたび)の閻羅王の恩情には心から感謝しております」

深々とこうべを垂れると、閻羅王がはっと鼻であしらった。

「心にもないことを申すな」

「……いえ、そのようなことは」

閻羅王の前ではどんな言い訳も意味をなさない。此岸(しがん)も彼岸もすべてお見通し、隠し事をするなど無理なのだ。

事実、正直になれば、閻羅王に報告できるような話などひとつもなかった。

なぜ転生などしてしまったのか、無意識のうちに望んでしまったのか、そこから悔やまれ

る。あのとき自分は消えてなくなったほうがよかったのだ、と。

「儂（わし）は、おまえの心のありようを問うておるのだ」

重ねての問いに、颯介は眉根を寄せる。心のありようと言われても、それこそ語れることなどなにもなかった。

はっきりしているのはただひとつ、だ。

「己（おのれ）の身を呪（のろ）わしく思っておりました」

転生して、ひととなったところで自分はなにも変わらなかった。

池端颯介としての人生を脳裏に思い浮かべる。いつなにがあったか、日時はもとより誰がなにを言ったか、したか、自分がどう対応したか、明瞭に憶（おぼ）えている。

本来あるはずのない記憶にしても、死者の姿が見えてしまうことにしても、子どもの頃から自分はおかしいと悩んでいたし、すべて妄想だと思い込もうともした。実際、途中までは妄想だと信じていたのだ。

妄想ではないと知ったときは、すでに手遅れだった。

周囲に勧められるまま妻を娶（めと）り、ふたりの子をなしてしまっていた。もしもっと早く自覚していたらと、どれだけ悔やんだだろう。

そうすれば誰ともかかわらずにひとりで生きていたものを——。

だが、いくら後悔したところで現実は常に目の前にある。家族や世間に背中を向けることでなんとか生き長らえてきた。

「やはり私は、ひとの世には向かなかったのでしょう。ひたすら七十年の歳月を長く感じておりました」

この世の人間ではない。ここにいるべきではない。終始そればかりが頭にあった。

家族には心から申し訳なかったと思っている。とりわけ息子の清貴と娘の子である孫の伊織には、どれだけ謝ろうと謝りきれないことをした。

清貴が生者の心の声を聞く耳を、伊織が物を浄化する手を持って生まれついてしまったのは、すべて自分のせいだ。自分の血を受け継いだせいで、ふたりに業を背負わせるはめになった。

他者を寄せつけず、孤独な人生を歩んでいるであろうふたりから目をそらしてきた自分には、地獄の責め苦こそがふさわしい。

「閻羅王。どうかお裁きを」

その場で片膝（かたひざ）をつき、閻羅王に請う。

衆合（しゅごう）地獄、叫喚（きょうかん）地獄、焦熱（しょうねつ）地獄。いっそ無間（むげん）地獄でも構わない。閻羅王の裁きのまま、どこへでも堕ちる心づもりはできていた。

「そなたは、まだそのようなことを申すか」

閻羅王が呆（あき）れた様子でこめかみに手をやる。幾度となく見た仕種（しぐさ）をふたたび目にして、平静を保つのは難しかった。

いまだ自分は頭の痛い存在だということか、と。

「そなたは自身の立場をわかっておらぬようだ」

こめかみから手を離した閻羅王は、ひとりひとりと目を合わせていった。

「遙帳」

閻羅王に名を呼ばれ、遙帳が生真面目な顔をいっそう引き締める。

「はい」

次に呼ばれたのは、玻琉だ。玻琉は真っ白な髪をふわりと揺らし、

「はい」

鈴の音のような返答とともに姿勢を正す。

「天樹」

天樹は閻羅王に名前を呼ばれたことが嬉しいのだろう、満面の笑みで快活な返事をした。

「そして、那笏」

まっすぐに見据えられ、颯介は肩を震わせる。どんな沙汰を下されても冷静に受け止める覚悟はとっくにした、と思っていたけれど、目眩を覚えるほど過敏になっているという自覚もあった。

「……はい」

他のみなとはちがい、小さな声で返答した颯介に、閻羅王はこの後思いがけない言葉を告げてきた。

「みな儂の手足、五部衆だ。この先、誰ひとりとして欠けることは許さぬ」

まさか自分を五部衆に戻そうというのか。俄には信じられず、立ち上がり、一歩前に足を踏み出す。

「閻羅王。私は池端颯介です。どうか人間として裁いてください」

そうしなければならないと、それこそが望みだと訴える。

しかし、閻羅王の答えは同じだった。

「ならぬ。それともそなたは、儂の命が聞けぬと申すか」

「……いえ」

即座に否定し、身を固くする。閻羅王の命は絶対だ、そう思う半面、颯介自身に負い目があるせいでいっそ厳しく裁かれたいという気持ちが強いが――それを欲することこそ我が儘なのかもしれない。

「ならば、ひととして暮らしているうちに本来の任を忘れたとでも言うか」

「いえ」

忘れられたならどんなによかったか。笏の宿命だとしても、あまりに残酷だ。

冥府での笏としての務めは、すべてを記して忘れないこと。

それゆえなにひとつ、ほんのささやかなやりとりも忘れられず、まるで昨日の出来事も同然に脳裏に刻まれている。

それは現世でも同じで池端颯介の人生はもとより、五部衆として閻羅王に仕えた長い年月やそれ以前の前世の数々もなにもかもが明瞭で、気を抜くとまるで洪水のごとく記憶が襲いかかってくるのだ。

正気を失えたらどんなに楽だろうと、何度思ったか知れない。

だが、それすら許されない自分はよほど業が深いのか。あるいは、存在すること自体が罪なのか。

「那笏。これより五部衆として任に戻ることを命ずる」

もしそうなら、まさに地獄こそふさわしいのではないのか。

颯介は、絶望的な心地で閻羅王の口上を聞く。手放しで喜んでくれるみなの笑顔すらいまの自分にはつらかった。

「そういえば、ひとり足りぬな」

ふと、閻羅王がそう呟いたのと、奥の扉が勢いよく開いたのはほぼ同時だった。

「えらく賑(にぎ)やかじゃねえか」

ぼりぼりと腹を掻(か)きながら、大柄な男がひとり入ってくる。

半着(はんぎ)に狩袴(かりばかま)を身に着けた男の鍛え抜かれた見事な体躯(たいく)は、まさに筋肉の鎧(よろい)だ。ざんばらな髪、ぎょろりとした目。こめかみにある悉曇文字の刺青は、彼が彼である証でもあった。

「なんだぁ、このガキ」

不遜な男は颯介に半眼を流すと、上唇を捲り上げた。

「ガキのくせに悪事でも働いたか。それにしちゃ、やけにえらそうじゃねえか」

相変わらずの乱暴な物言い。しかも、よく見れば半着には血がべっとりとついている。

五部衆の任につきながら、態度も物言いも表情もまるで悪童そのものだ。

「いつまでたっても礼儀知らずのままですか」

大鉈の鉈弦、とその名を口にすると、不遜な男は鼻に皺を寄せる。

「ガキ、なんで俺の名を知ってる」

童子に対しても物騒な声音で威嚇してくる鉈弦には、内心でため息をこぼした。

知っているもなにも、鉈弦がこの場にいるのはすべて自分のせいだ。

古い大鉈を入手したのは偶然だった。曰くつきであるのは一目瞭然だったものの、当初はまさかこうも危険な代物だとは思わず、見誤ってしまった。

到底現世では扱えず、迅速に地獄で引き取ってもらったが、結果的に閻羅王の五部衆と呼ばれるまでになったのだからこれはこれで正解だったのだろう。

大鉈には、地獄が性に合ったということだ。いまでは地獄の荒事を一手に引き受けていると聞く。

「おまえ――」

　ふと、銃弦が大きな手で顎を摑んできた。

「なにをする」

　即座に振り払おうとしたが、銃弦はいっそう力を込めたばかりか、そのまま指で頬を捏ねくり回し始める。

「なんだよ。おまえ、颯介か」

　顔をしかめても同じだ。やっと顎から手が離れたかと思うと、今度はその大きな手のひらで頭をぐりぐりと搔き混ぜながら、にっと唇を左右に引いた。

「やけにしぶとかったじゃねえか。てっきり早々にくたばっちまうと思ってたのによぉ。つーか、なんでおまえ、ガキの格好なんだ？　じいさんだろ？」

「…………」

　もはや返答する気にもなれない。

　だが、こちらの心情を慮る気がないのか、銃弦は無神経な言葉を重ねていく。

「おまえ、もともとこっち側なんだってな。閻羅王の四部衆？　まあ、俺が入っちまったことで五部衆になっちまったんだけど、ぶっちゃけ、あんたみたいなジジイがこっちで役に立ってたのか？」

「…………」

こうなると、閻羅王がなぜ鉈弦を五部衆に迎え入れたのか不思議になってくる。もともと四部衆で、荒事は任の中にはなかった。それを行う者らが別にいて、四部衆はもっぱら閻魔の庁で閻羅王の助手を担っていたのだ。

しかし、鉈弦が入ったことで荒事は彼の役割になった。

鉈弦の強さは別格だ。確かに使い勝手はいいとしても、こうまで無礼だと多少なりとも責任を感じずにはいられなくなる。

「鉈弦、あなた、現世の記憶は残っているんですか？」

なにより重要なことを確認する。地獄に招喚される際に鉈弦の記憶はすべて消されているはずだが、それならばなぜ自分を憶えているのか。

もし少しでも残っているなら、対処する必要がある。というのも鉈弦は――。

「いや、まったく。全部忘れた。けど、あんたの話は閻羅王から聞かされた。俺を地獄へ送った奴だって。俺を解き放ったんだろ？　謂わば、俺にとっちゃ親みたいなもんだ。玻琉に言って、向こうのあんたを何度か見た。ほとんど引きこもりで、なぁんにもねえ生活。つまんなくねえのか？」

親みたいなという一言にぞっとする半面、そういうことか、と胸を撫で下ろす。

大鉈から解いたのが誰であるか、どうやら本人は知らないらしい。

実際は、鉈弦を大鉈から解き放ったのは、たまたま骨董店を訪ねてきた清貴だ。当然、人間の手に負えるはずもなく、このまま鉈弦を現世に留めておくのは難しいと清貴自身が判断し、自分が手筈を整えた。

清貴は相当悩んでいたようだが、懸命な決断だった。地獄での鉈弦はまさに水を得た魚で、短期間で最強の荒鉈と呼ばれるまでになったのだから。

「特には」

鉈弦にそう返す一方で、すべて忘れるというのはどういう感覚なのかと興味が湧く。それまでのなにもかもが消えてなくなり、一から始めた鉈弦のことが少し羨ましくもなった。

自分には到底望めないものだ。

「遙帳、玻琉、天樹、鉈弦。そして、那笏」

閻羅王が満足げに顎を引く。

「これで五部衆が揃った」

誇らしげな表情になる他の四人を前にして、颯介はひとり苦い気持ちでいた。閻羅王に命じられてもとの任にふたたびつくとはいえ、なにもかも元通りになれると思うのはあまりに都合がよすぎる。

過去を白紙にするなんてできるはずがない。

「申し訳ありません。私のことは、どうか颯介と呼んでいただけませんか。いまの私はあくまで池端颯介。五部衆の那笏はもうおりません」

ばかばかしいと承知で頼み込む。それくらいしか自分にできることはなかった。

きっと閻羅王は自分の嘘を見抜いているはずだ。地獄にいた長い年月からすれば、池端颯介でいたのはたかだか七十年、瞬きをする間にも等しいのだ。

くだらないと一蹴されるのを覚悟していたけれど、予想に反して受け入れられる。

「よかろう」

いま一度頭を下げた颯介は、身をひるがえして去っていく閻羅王をこうべを垂れたままの姿勢で見送った。

五人になると、ふんと鉈弦が鼻を鳴らした。

「あのおっさん、平然として見えるけど、内心すっげえ嬉しいんだぜ？　おまえの話題が出るとなにげに寂しそうだったからな」

鉈弦にしてみれば軽口であっても、胸がきりりと痛んだ。嬉しいなんて、あるはずがない。

それは誰より自分がわかっている。

強いて言えば、手のかかる面倒な奴が帰ってきたと頭を悩ませているくらいだろう。

「鉈弦、ひどーい。また閻羅王のこと、おっさんって言った！」

天樹の非難など歯牙にもかけず、おっさんはおっさんだろ、と鉈弦はかかと歯を剥き出しにして笑う。

「あー、そういや」

ふと、筋張った手でざんばらな髪を掻き上げた。

「例の、ほら、おまえを手にかけた史なんとかって奴？　あいつ、叫喚地獄を出て平の獄卒になったぞ」

「――――」

唐突に切り出された話に、颯介は返答もできずにただ息を呑む。

一方で、それはそうだろうと納得していた。

閻羅王は常に公平、公正だ。自分がこうしてもとの場所に戻ってきた以上、彼もまた許されたにちがいなかった。

あれから七十年――冥府では七千年の刻がたっているのだ。

「まあ、でも、そいつは颯介とちがって自分がしでかしたことなんか憶えちゃいないだろ？ただでさえ奴らはすぐ物事を忘れちまううえ、地獄の責め苦を受けたんだからよ」

その頃はまだ存在すらしていなかったのに、まるで見てきたようにそう続けた鉈弦には結局一言も返答できず、視線をそらす。

玻琉と目が合った。玻琉は剣呑な空気を察したのか、

「あ、そうだ」

整った面差しに作り笑いを浮かべてみせた。

「部屋はそのまま残してあるんですよ」

その言葉とともに誘われ、玻琉とふたりで閻魔の庁を出ると、側近が使用している寄宿舎へ足を向ける。遠いようですぐ傍(そば)にある寄宿舎までの道程(みちのり)を玻琉と肩を並べて歩きながら、記憶にあるままの懐かしさに知らず識(し)らず目を細めていた。

極彩色(ごくさいしき)の現世に比べれば、地獄は無色も同然だ。どこまで行っても先は見えないし、色のない、乾いた風景が延々と続いていく。

いや、その風景すら曖昧だ。なだらかな山が続いているかと思えば、突如鬱蒼(うっそう)とした原生林が目に入る。

生ぬるい風にのって時折罪人の悲鳴や獄卒の雄叫(おたけ)びが耳に届くのも、自分のいた頃となにも変わっていない。

延々とくり返される責め苦同様に、地獄そのものもまた不変の在所なのだ。

寄宿舎の前まで来て、颯介は玻琉に礼を言った。

「ありがとうございます。あとはひとりで大丈夫ですので」

聡(さと)い玻琉は、ひとりになりたいという颯介の意思をすぐに汲(く)んでくれ、やわらかなほほ笑みを浮かべた。

「困ったことがあったらなんでも言ってくださいね、那笏さん。あ、颯介さん」

「はい」

玻琉の気遣いに再度礼を言うと、その場で別れる。わざわざ名前を訂正しなくてもいいと言えない自分が情けなかったが、そういう性分はいまさらだ。

「ああ、うっかりしていました」

数歩進んでから振り返った玻琉が、突如両手を広げた。

「おかえりなさい」

なんの不服があるというのだろう。誰ひとり自分の罪を責めないどころかもとの職に戻れて、仲間に歓迎されて。

これで不満のひとつもこぼそうものなら間違いなく罰が当たる。

目礼で応えた颯介は、玻琉と別れると寄宿舎に向き直る。

側近の住む寄宿舎は、現世でいうところの集合住宅のようなものだ。お世辞にも眺めがいいとは言いがたいが、瘴気にさらされた外壁が澱むという点を除けば、自分としてはなんの不満もない。

側近には厳しい規律があるため、羽目を外して揉め事を起こす者は滅多におらず、せいぜい二、三千年にひとりいる程度だ。

両開きの扉を押し、中へと入る。自分の部屋は右手の最奥、角部屋だが——玻琉の言ったとおり、まるで七千年の月日などなかったかのように室内はもとのままだった。

文机に書架、寝台、愛用していた長持も出ていったときのままの場所に置かれている。清掃も行き届いて塵ひとつなく、きっと誰か定期的に手をかけていたのだろうと窺える。

自室に入った颯介は、まず中央にあるお気に入りの肘掛け椅子に座った。木製の簡素なものだが、しっくりと身体に馴染み、ようやく人心地つく。

次に窓辺に寄ると、窓を開けた。

窓の外は、夕刻さながらの風景だ。現世では昼と夜の境目を逢魔が時と言って怖れるように、地獄にも似たような時間帯は存在する。

さんざん痛めつけられたすえに息絶えた罪人が、ふたたびよみがえるときだ。また一から悪夢が始まるのだから、罪人にとってはなにより恐ろしい時間だろう。

ざらざらとした、なまぬるい風が髪に絡みつく。現世とはちがい、微かに香ってくるのは腐臭と血の臭い。

この臭いを嗅いでいると、清貴や伊織への罪の意識が薄れていくようで颯介は嗤笑を浮かべた。

なんて薄情なのか。みなには池端颯介と呼んでほしいと頼んでおきながら、自分自身がその名にずっと慣れずにいた。現世の暮らしは、まるで実体のない風船のごとくふわふわとしたものだった。

かといって、那笏と呼ばれるのは抵抗がある。その名の者はあのとき消えてなくなるはずだったのに、こうしてまたこの場にいる自分は、果たしてなんだというのか。そんな思いが捨てられず、素直にみなの歓迎を喜べずにいるのだ。

ふと、自身の小さな手を見下ろす。

もとの姿に戻るよう言われ、半ば意地で童子の姿になってしまったけれど、閻羅王はなにを思っただろう。どうしようもない奴だとうんざりしただろうか。

いや、どう思われてもそれこそいまさらだ。

「おかえりなさい、か」

窓の外へ視線を戻した颯介は臭いを嗅ぎ、深呼吸をして、肺を地獄の空気で満たした。この場所もけっして安寧の地ではないと、そんなことを考えながら。

結局、自分にとっては現世も冥府もそう大差のない場所で、どこに身を置いていても己の宿命に振り回されるしかないのだ。

弐

翌日、子どもサイズの官服に身を包んだ颯介を待っていたのは膨大な量の雑務だった。笏としての仕事は冥府のすべてを記録することにあるが、不在の間、冥官が数人で当たっていたというにもかかわらず到底追いついていなかった。

多くが手つかずのまま放置されているのを目の当たりにして、目眩を覚えたほどだ。これからひとつひとつこなしていっても、どれだけ時間がかかるかわからない。

なにしろ数千年分だ。

頭を抱えていてもしようがないので、庁内にある執務室にこもった颯介はとりあえず古いものから順に取りかかっていった。

著名人、一般人関係なく下された沙汰を記していく。地獄行きを命じられた者は、どこの地獄へ堕ちたかも必要だった。

そういえば、一度だけ地獄をこの目で見たことがある。地獄見学なんて悪趣味な真似はごめんだと思いつつ、補佐が休暇中だったために已むなく閻羅王の執務に同行したのだが——。

そこで目にしたものは、凄まじいものだった。

黒縄地獄、叫喚地獄、焦熱地獄。

獄卒によって罪人は肉を切り裂かれ、骨を砕かれる。あるいは大釜で茹でられ、業火に焼かれる。身体じゅうが焼け焦げ、溶け落ち、見るも無惨な姿をさらすのだ。

金槌で殴打され、頭がひしゃげている者もいた。

あちこちで血飛沫が上がり、罪人の悲鳴が響き渡っていた。

色のない地獄で、そこだけが血の色で真っ赤に染まるなか、悶え苦しみながらようやく息絶えた罪人たちにほっとしたのもつかの間、肉体はまもなくもとに戻り、ふたたび苛烈な責め苦が与えられる。

獄卒が手心を加えることはない。彼らはむしろ増長していく。彼らにとって拷問は務めであるとともに娯楽でもあり、誰が先に死に絶えるか、罪人を賭けの対象にしている獄卒もいるらしい。

終わることのない、まさに地獄の光景だ。

瘴気中りしたのか、それとも恐ろしさが限界に達したのか自分はその場で倒れてしまい、引き返すはめになった。

以来、もっぱらデスクワークで、あの空間には足を踏み入れていない。鉈弦あたりが知れば、きっと軟弱者だと笑うだろうが、誰にも得手不得手というものがある。自分のやるべき職務をこなす、それが重要だった。

「那……じゃなかった颯介。やっほ～」

仕事の合間を縫って天樹や玻琉が代わる代わる顔を覗かせにくる。毎度茶や菓子を持参してくるため、執務室の机の上にはずらりとそれらが並んでいた。

「やっぱりすごいね、那、颯介は。ひとりで冥官何人分もの仕事をこなしてしまうんだから」

天樹の言葉に、

「それが笏の務めですから」

記録の手は止めずに一言返したが、内心は表面上ほど冷静ではなかった。ほっとしたというのが本音だ。

慣れているとはいっても、七千年のブランクがある。なにより一度人間に転生した自分に以前と同じ仕事ができるか、颯介自身が誰より不安に思っていたのだ。

とりあえず仕事面に関してなんら支障はないことは、この場にいる免罪符にもなり、重要だった。

「あ、さっき、また聞かれたよ。あの童子は何者なのかって」

どこか愉しげな天樹の言葉に、ぴくりとこめかみが引き攣る。

それについては、自分の耳にも入ってきた。ほとんどの者は曰くつきの子ども「颯介」が迷い込んできたという話を鵜呑みにして、遠巻きにしても誰も自分に近づく者はいない。が、問題はそのあとだ。

噂話に尾ひれがつき、ありとあらゆる「事実でないこと」が地獄じゅうを駆け巡ってしまった。なかでも閻羅王の隠し子という噂には、冗談にしてもひどすぎると唖然とした。

もしそれが事実なら、大変な事態だ。今後の地獄のあり方にも関係してくる話を、憶測でまことしやかに語るなど言語道断、あってはならない。

「困ったものです」

深いため息をこぼすと、天樹が机に頬杖をついた姿勢で肩をすくめる。

「まあ、ここは退屈だから。噂話をするくらいの愉しみがないと、やってられないんじゃないの？」

「害のない噂話ならいくらでも好きにすればいいでしょう。でも、閻羅王に関わることですから」

愉しみにも節度が必要、という意味で窘める。

天樹がくすりと笑った。

「なんですか」

怪訝に思い、問い返した颯介に天樹がどこか感慨深げに目を細めた。

「いや、そういうとこ、変わってないなーって思って。那笏って常に冷静なのに、昔から閻羅王が絡んだときだけは熱くなるんだよね」

「…………」

予期していなかった一言に二の句が継げなくなる。閻羅王が絡んだときだけ熱くなるとはどういう意味なのか。自覚がないだけにわけがわからず、天樹に視線で説明を求める。

だが、天樹が口にしたのはまったく別のことだった。

「そうそう。僕、那笏を呼びに来たんだった。仕事が一段落したら、移動するよ。歓迎会するからね」

はぐらかされたような気がしたものの、こちらの話も捨ててはおけない。

「……歓迎会？」

いったいどういうことなのか。少なくとも自分がいた頃は、冥府にやってきた者を歓迎するという習わしはなかった。

「うん。歓迎会。みなで歓迎の宴を開くことを歓迎会っていうんでしょ。あっちのいいところはこっちでもどんどん取り入れていったらいいんじゃないかって、ちょうどみんなで話をしてたときに那笏がそろそろ死ぬらしいって聞いたから、歓迎会をやろうって決めて、結構前から準備してたんだ」

あっけらかんとした天樹の言い分には、もはやどこから突っ込めばいいのかわからない。取り入れるとか取り入れないとか二択の問題ではないし、そもそも向こうの真似事をすることにいったいなんの意味があるのか、そこから疑問が湧く。

「歓迎会など不要です。それに、颯介と呼んでくださいと言ったはずですが」

ぴしゃりと撥ねつけた、つもりだった。しかし、

「はいはい、颯介颯介。じゃ、あとは明日にして宴会場へ行くよー」

颯介、と故意に名前を強調した天樹は、こちらの心情など一切構わず、記録紙を閉じてしまうと執務室から連れ出そうとする。可愛らしい外見に反して天樹が多少強引なのは知っていたが、酒席への参加を強要されるのは困る。はっきり言ってしまえば迷惑だ。

現世でも一度として参加しなかったし、飲んで騒ぐなど自分からすれば蛮行にも等しい。

「天樹。私は結構です」

「なに言ってるの。主役が参加しないでどうするんだよ」

「そう言われても……」

執務室を出てからもぐいぐいと腕を引っ張られて、ほとほと閉口する。どうあっても天樹は自分を酒席に参加させたいようだ。

いや、天樹のみではなかった。

「あ、来ました」

広間へ向かう途中の通路では、玻琉、そして遙帳と鉈弦が待ち構えていたのだ。

「やっとか。あとちょっと遅かったら、勝手に始めてたぞ」

腕組みを解いた鉈弦が、くいと顎で広間の扉を示す。みなの気持ちはありがたいものの、やはり二の足を踏んでしまう。

「このこと、閻羅王はご存じなんですか？」

閻羅王が知れば雷を落とされても仕方がない、と仄(ほの)めかしたところ、

「ご存じもなにも」

天樹が笑顔でその名を口にした。

「閻羅王〜」

反射的に振り返る。

「どうかしたのか」

こちらへ歩み寄ってくるのは、居館へ戻ったはずの閻羅王だった。

閻羅王はすでに法衣を脱ぎ、私服の長衣姿だ。長い髪を掻き上げる仕種には少しばかり疲れも見えるが、冥府の王といえども休みなく働いているのだからそれも無理からぬことだろう。

「あ……いえ、なんでもありません。閻羅王はどうぞお休みください」

閻羅王の代わりはいないのだから、休めるときに休んでもらいたいというのは自分のみならず冥官すべての望みだ。

それゆえ当然賛同してくれるとばかり思っていたのに、あろうことか閻羅王を広間へ招き入れてしまう。しかも率先したのは、天樹でも鉈弦でもなく、普段は慎み深い玻琉だったので、驚かずにはいられない。

「閻羅王……っ」

咄嗟に引き止めた颯介に、当の閻羅王までが信じがたい一言を口にした。

「なんだ。主役がもたもたしていてはいつまでたっても始まらぬぞ」

早うと閻羅王に急かされて、ようやく察する。どうやら閻羅王は偶然通りかかったわけではなく、歓迎会に参加するためにやってきたようなのだ。

こうなると固辞するわけにもいかなくなり、颯介は天樹に手を引かれるまま広間の中へ足を進めるしかなかった。

そこでも驚かされる。

前方には「那笏、おかえりなさい」と遙帳の直筆らしき横断幕が掲げられ、さらには金色のお手製くす玉が天井からぶらさがっている。料理や酒もたっぷり揃い、結構前から準備していたという天樹の言葉が事実であると一目でわかった。

「おい、あいつ、固まってんぞ?」

そう言ったのは鉈弦だ。

「きっと感激してるんじゃない?」

と、これは天樹。

「もしかして、あれがまずいんじゃないでしょうか」

横断幕を指差した玻琉に、即座に遙帳が動いて「那笏」に×をするや否や「颯介」と書き換える様を前にして、これ以上なにが言えるだろうか。たとえ現世の真似事をしたいがためだとしても、自分のためにみなが尽力してくれたと思うと、歓迎会の是非はさておき、胸が熱くなる。

「ありがとうございます」

みなには礼を言い、一呼吸してから、閻羅王に向き直った。

「このようなことに多忙な時間を割いてくださり……申し訳ありません」

可愛げのない物言いは百も承知だ。

融通がきかなくて、皮肉やで、愛想の欠片もない。それは池端颯介だった頃のみならず、昔からの気質なのだ。

「『このようなこと』だから、許したのだ」

それを熟知している閻羅王が、さらりと受け流す。

内心では素直に喜べない自分のことを呆れているのかもしれない。そう思うと急に恥ずかしくなって顔を背けたが、こともあろうに颯介が座らされたのは閻羅王の隣、上座だった。

いくら主役だからと言われようと、さすがに受け入れがたい。慌てて立ち上がろうとしたのに、当の閻羅王が平然としている。

「なんだ。儂の隣では不服なのか？」

不本意だと言わんばかりの顔を見せられては移動することもままならず、結局そこに留まるはめになった。

「えー、みなさま」

天樹が立ち上がり、こほんと咳払いをした。

「盃を手にしてくださいな。那笏……じゃなかった颯介が無事帰還したことを祝って乾杯します。死んでくれてよかった！」

天樹の音頭に、みなが乾杯と声高に叫んで盃の酒を一気に飲み干す。鉈弦など手酌で追加し、二杯、三杯と続けざまに喉へ流し込んだ。そのたびに「乾杯」と口にしながら。

現世の歓迎会とはいささかちがいもあるけれど、愉しそうな様子を眺めているとひとり意地を張っているのがばからしくなり、颯介も盃に口をつけた。

といっても、隣にどかりと胡座をかいている閻羅王の存在を常に意識させられ、料理や酒の味など二の次になってしまう。どんなに意識しないようにしても、このままでは気もそぞろに盃を重ねるはめになりそうだった。

それも当然で、閻羅王が時折こちらへ視線を流してくるのだ。その視線がどこか意味ありげに感じるのは、自分のほうの問題かもしれない。

「なにか……おかしいですか」

我慢しかねて、こちらから水を向ける。

「まったく」

閻羅王はそう言うと、頬に穴が空きそうなほどまっすぐな双眸でじっと見つめてきた。

「久方ぶりなのだから、見るくらい許せ。童子の横顔にそなたの面影を探しておったのだが、面影どころかそのままだと思っておったところだ」

「そ、れは……」

当たり前だ。多少見た目を変えることは可能でも、若いか年寄りかであって、どれももとは自分自身。自在に変化できるわけではない、と閻羅王も知っているはずだった。

「あまり……」

見ないでくださいと言おうとした颯介だが、

「にしてもよお」

その必要はなかった。閻羅王の前でも変わらず不遜な態度をとる鉈弦が、ほろ酔い加減で間に割って入ってきたのだ。

「おまえ、向こうでもこっちでも変わんねえのな。四角四面っていうか、気難しいっていうか面倒くせえっていうか。見てて厭んなるくらいだぜ」

気を利かせたわけではないらしいのは、不躾(ぶしつけ)な言い様で明らかだ。右手に持った骨付き肉を前歯で噛(か)みちぎる様は、まさに地獄の大鉈にふさわしい——とは到底思えず、あまりの行儀の悪さに黙っていられなかった。

「立ち食いはよしなさい」

正当な忠告を、鉈弦は笑い飛ばす。

「は？　見た目はガキになっても、中身は年寄りのままなのか？　俺を解放したからって、おとなしく従うと思ったら大間違いだ」

見せつけるように肉に歯を立てた銙弦に、颯介は別のことを考えていた。銙弦に偽りを教えたのは誰だろうか、と。

事実はもとより異なる。それを話すつもりはないため、無言で聞き流すほかないが、銙弦に嘘を教え込んだ相手はやはり気になる。

遙帳か、天樹か。それとも閻羅王か。

少なくとも閻羅王は真実を承知のはずだから、わかったうえで誤りを正さずにいるにちがいない。

好むと好まざるとにかかわらず、解放した者は人外にとって特別な存在になる。銙弦の根源は大銙に宿った製作者の魂か、それとも付喪神（つくもがみ）のようなものなのか本人も知らないようだが、同じことだろう。

もし銙弦が真実を知ったなら、初めて自身を解放した清貴に対して興味を持つのは目に見えている。

それはどうしても避けたい。

清貴のため、と頭に浮かんだ考えに颯介は眉をひそめた。傍にいるときはさんざん背中を向けておいて、会えなくなった途端に父親ぶるつもりかと、自身に嫌気が差したのだ。

「なあ、颯介。本当におまえが俺を解き放ったのか？　おまえなら、さっさと処分しそうなものなのに」

鉈弦の問いかけに、どきりとする。

まさか疑っているのか。無視してもしつこく絡んできて、いまにも実力行使に出そうな鉈弦に、内心の苛立ちを隠して適当にあしらっていると、閻羅王が助け船を出してくれた。

「鉈弦。颯介を敬え。ここにはおまえよりずっと長く務めているのだぞ」

閻羅王の忠告ひとつでおとなしくなるようなら苦労はしない。鼻に皺を寄せた鉈弦が、無遠慮に颯介を指差してきた。

「はあ？　古株っつっても、俺からしたら新参者だって。つーかよ、なんだかんだ言って、あんたはこいつに甘いよな」

自分への暴言はいい。知らん顔をすればすむ。だが、最後の一言には黙っていられなかった。

「そんなことはありません」

閻羅王が甘いなんて——勘違いされたくない。その一心で否定したけれど、なおも鉈弦はしつこく食い下がってくる。

「いーや。激甘だな」

ただでさえ気が立っていたところに、この発言だ。いくらいまの鉈弦が地獄最強の名を欲しいままにしていようと、「新参者」である自分には関係なかった。

「いいかげんにしなさい」

不快感もあらわに鉈弦を睨めつける。だが、わざと煽るように鉈弦はチチと舌を鳴らすと、軽々しく肩をすくめてみせた。

「向こうでおまえがボッチなのを見るに見かねて、寿命が尽きる前に閻羅王が呼び戻そうとしてたの、俺は少なくとも二回知ってる」

「……っ」

鉈弦の言葉を聞いて、反射的に隣の閻羅王を見る。あり得ないと否定されるとばかり思っていたが、閻羅王は眉ひとつ変えずにさっきから無言で酒を飲んでいる。

「どうして」

もし理を曲げて生死を操作すれば、必ずなんらかの歪みが出るはずだ。現世ではささやかな歪みも冥府では大事に至る可能性がある。

冥府の王である閻羅王が、たとえ実行に移さなくてもそれを考えること自体、あってはならない。

だが、閻羅王は平然と盃を膳に置くと、ことなげに言い放つ。

「儂が呼び戻したかった——それ以外の理由が必要なのか？」

直截な閻羅王の答えに、ほらな、と鉈弦がしたり顔で顎を上げた。

いったい自分はどんな態度をとればいいのだ。恐縮する？　喜ぶ？　それともあり得ないと拒絶するべきか。

そのどれもできず、ただ熱くなった頰を持て余して、動揺を悟られたくない一心で颯介は席を立った。

「飲みすぎたみたいなので、風に当たってきます」

久しぶりに飲んだのは事実だし、風に当たって頭を冷やしたいというのも本心からだった。このまま居座り続けてしまったら悪酔いしそうだと、颯介にしてみれば避難のつもりでもあった。

「どれ、儂もつき合うか」

しかし、当の閻羅王自身が台無しにしてしまう。腰を上げた閻羅王に驚いたものの、みなの前なのでなんとか自制し、無言で広間をあとにする。

「俺の言ったとおりだろ？」

扉を閉める間際に聞こえた鉈弦の一言にもますます感情的になり、外へ出た颯介は、すたすたと足早に寄宿舎へ向かって歩きだした。広間には戻らず自室に帰って寝るつもりだと態度で示したつもりだったのに、どういうわけか、察しがいいはずの閻羅王はなおもあとをついてくる。

とうとう耐えられなくなり身を返した颯介は、抗議を込めて閻羅王に向き直った。

「まさか私の部屋までついていらっしゃるおつもりですか」

無論そのつもりなど毛頭ない。閻羅王にしてもそうだろう。そもそも閻羅王が冥官の住居である寄宿舎へ足を運んでくることなど皆無と言っていい。

「招待してくれるのか？」

しれっと返された一言に、どうして平然としていられるだろう。からかわれているとしか思えず、閻羅王がどんな意図でこんな言動に出るのか、自分にはこれっぽっちも理解できなかった。

「しません」

だからこそ胸がもやもやとするし、閻羅王を前にすると途端に平常心を失う。

「それは残念だ」

少しも残念そうには見えない態度でそう言った閻羅王が、ふと、目を細める。

王という立場上もあるだろう、常に自身を律し、配下に対しても厳しい顔ばかり見せていた閻羅王の思わぬやわらかな表情には、落ち着くどころかいっそう動揺する。

昔と変わらないと言われる自分とは異なり、閻羅王は変わってしまった。自分の知る閻羅王は、少なくとも配下と戯れるような真似はけっしてしなかった。

「私をからかってるんですかっ」

頭に血がのぼったせいか、颯介はふらつき、その場に倒れそうになる。すかさず伸ばされた手のおかげで助かったものの、とても安堵する気になどなれなかった。

「たいして強くもないくせに、飲みすぎだ」

ほら見たことかとでも言いたげな閻羅王の指摘に、なおさらくらくらしてくる。自分が飲みすぎたとたったいま自覚したうえ、よりにもよって閻羅王に醜態をさらしてしまった事実が恥ずかしくて、酔いが一気に回ってしまったようだ。

「だいじょ、ぶです」

言外に放してほしいと伝えた颯介だが、閻羅王はそ知らぬ顔をしている。

「あれくらいの酒で酔いません。自分で、歩けますから」

今度は言葉のみならず行動にも移し、閻羅王の手を押しやろうとした。しかし、離れるどころか腕を腰に回されてしまい、別の意味で目眩を覚えた。

「ふらついておるくせになにを言う。通常なら許容範囲内の酒量であっても、小さな身体では勝手がちがうのだろう。酔ったあげくに怪我でもしては大変だ」

ふいに両足が浮いた。

それが閻羅王に抱き上げられたからだと知り、颯介は手足をばたつかせた。

「ふ……不要です。自分で……っ」

なんとか下りようとするが、自分の思いとは別にいっそう抱え込まれてしまう。

「暴れるでない。こういうときは童子らしく素直に言うことを聞くものだ」

「童子らしくって、私をいくつだと……」

「おや、いくつだ？」

顔を覗き込まれて口ごもる。なにをどう反論しようと、自らの意思で童子の姿をとり続けているのは事実だ。

くだらない意地と重々わかっていても、素直になるのは難しい。いまだここへ戻ってきたこと自体が誤りのような気がしている。

いずれにしても往生際が悪いという自覚はあった。あげくが、この体たらくだ。

「……情けない」

昔から閻羅王には隠し事ひとつできない。なにもかも知られてしまっている。七千年たっても転生を経験してもこんな調子だから、変わらないと言われるのだろう。

表面上だけでも取り繕（つくろ）えればいいが、それも難しい。

事象の大小にかかわらず、誰かの言葉や行動には必ず感情が付随しているものだが、自分の場合、こと閻羅王相手となるとそれはあまりに強烈で、息苦しい。鼓膜、網膜、脳の襞（ひだ）に刻み込まれ、正気を保っているのが不思議なくらいだった。

いや、とうに正気ではないのかもしれない。

地獄を離れれば少しは楽になれる、などと一時でも短絡的な考えを持ったこと自体滑稽だ。あげく現実を突きつけられる結果になったのだから。

現世でも冥府でも笏であるがゆえの定めがつきまとう、と。

「よく憶えてない」「そのうち忘れられる」そんな言葉を気軽に口にする者たちがどれほど羨ましいか。

「気に病まずともよい。鉈弦など、何度酒で失態を犯したか知れぬぞ」

閻羅王の一言もなんら慰めにはならず、暴れるのをやめると自己嫌悪から身を縮めた。

「あんな傍若無人な男を引き合いに出されても、落ち込むだけです」

「確かにそうだ」

は、と閻羅王が笑い飛ばす。

くつろいだ様子の閻羅王を間近にして、どんな顔をすべきかと悩んだすえ、颯介は仏頂面で応じた。

「鉈弦は、水を得た魚のようですね」

「あれは、よくも悪くも中身は童子そのものだ。ああ、童子といえば、そなたもそうだな」

さらりと問われて、一瞬、口ごもる。

「身軽でいいでしょう」

憎まれ口を叩く以外なかったが、颯介自身、答えを持っていなかった。

童子の姿になったのは、みなに年寄り年寄りと連呼されて嫌気が差したからだ。そのときはすぐにもとの姿に戻るつもりでいたのに、気づけば数日が過ぎても自分はまだ童子のままでいる。

「なるほど。儂が抱えやすいようその姿でいるのだな」

揶揄を滲ませ、にっと唇を左右に引いた閻羅王にいっそう渋面を作った。

「ありがとうございます。もう、本当に下ろしてください」

寄宿舎が見えてくる。ひとりで往復してもそれほどの距離に感じないのに、なんと長かったことか。

閻羅王に抱えられているところを他の者に見られると厄介だ。自分はなにを噂されようといまさらだが、閻羅王はそうはいかない。ほんのわずかでも名に傷をつけるわけにはいかなかった。

こっそり視線を巡らせると、閻羅王が苦笑した。

「心配性も変わらずか。案ずるな。みな、『閻羅王は那勿に特別甘い』と知っておる」

その一言であしわれると、口を閉じるしかない。どこまで閻羅王が本気なのか、自分にはわからなかった。

結局、部屋まで運ばれるはめになる。務めを終えた後はすみやかに寄宿舎へ戻り、不用意に出歩くなかれという規則を破る冥官がいなかったのは幸運だった。

他の四人はまだ宴のさなかだし、従順な冥官揃いのおかげで誰にも会わず、颯介は自室へ帰り着くことができた。

部屋へ入ると、今度は閻羅王も望みを聞いて解放してくれた。

ただでさえ迫力のある閻羅王が自室に立っているとなると、普段以上に威圧感を覚える。自身の小さな身体で受け止めるには心許(こころもと)なく、早く立ち去ってほしいと、そのことで頭がいっぱいになる。

ひとりで過ごすには十分な広さがあるにもかかわらず、狭さが気になり、息苦しさまで感じ始めた。

「颯介」

それゆえ、伸びてきた手にびくりと肩が大きく跳ねた。

「す……みません」

過剰反応したことへの恥ずかしさから、反射的に謝罪する。

閻羅王が、また微苦笑を浮かべた。

「これでは、送り狼(おおかみ)にもなれぬな」

どういう意味でこういう言い方をしたのか、よりも閻羅王が「送り狼」などという俗世の言葉を知っていた事実のほうが意外で、気になる。

「どこでそんな言葉を憶えられたのですか」

「送り狼か？」

確かめずにはいられず怖々問うた颯介に、閻羅王はこともなげに先を続けた。

「彼奴(あやつ)らが話しておっただろう。たまに向こうのそなたを覗いていたのだ。そなた、朝ドラというものを日々観ておったであろう？　篁(たかむら)が若者から年寄りまで人気のドラマだと教えてくれた」

「……っ」

かあっと頬が熱くなる。単なる暇つぶしで眺めていた朝の連続ドラマに関してはこの際どうでもいい。問題なのは、いったいどこまで閻羅王に知られているのか、ということだった。此岸と彼岸の行き来を許され、どちらの事情にも精通している冥官の篁が、他になにを伝えたのかも気になる。

かといって真正面から尋ねるのも憚(はばか)られ、颯介は唇を引き結ぶ。おそらく天樹なら、「もう、変なところ見たでしょ！」と可愛らしく振る舞うはずだ。

自分にはできないし、望まれてもいないだろうが。

「そういう色恋に疎いところも変わっておらぬな。子までなした女子(おなご)がおったろうに」

「……え」

まさかという疑念が顔に出たようだ。閻羅王は心外とばかりに目を眇(すが)めた。

「そこまで下世話な真似はせぬ」

無論、閻羅王が興味本位で現世の自分を覗き見していたなど、微塵も疑ってはいない。鈍弦の言ったように案じてくれていたがゆえだとわかってはいるものの、羞恥心(しゅうちしん)ばかりはどうにもならなかった。

自分の腑甲斐なさは、誰もが認めることだ。

妻とは見合い結婚で、参列者は両家の親兄弟のみというこぢんまりとした式を挙げたが、顔を合わせたのはそのときが三度目だった。

それ以前に他人と親密なつき合いをしたこともなければ、以降は言わずもがな。色恋に疎いどころか皆無だと閻羅王に知られている、それ自体が恥ずかしかった。

一度も他人に好意を持ったことがない自分は、おそらく欠陥品だろう。

いまも、なにかと気を遣ってくれる閻羅王に対して、早く部屋を出ていってほしいと思っている。

ひとりになりたい。自分にはひとりきりが性に合うのだ。

「それで、そなたはいつまでそのなりでいるつもりだ」

閻羅王の声音に微かな非難を感じ取り、いつの間にか落としていた視線を上げる。

「務めに支障はありませんし、特に不便を感じていませんので」

むしろ好都合だ。「那箚」のことを知らない者、知っていても本人だと気づいていない者にとってはただの童子。変わった子がいるというだけのいまの扱いはなにかと楽だった。

冥官たちも心得ていて、表立って詮索してくるほど好事家ではないのも幸いした。

「申し訳ありません。疲れているので、ひとりにしていただけませんか」

ひどい態度なのは百も承知でそう告げる。可愛げがないのはいまさらだと、自虐的な心地にもなっていた。

これでは鉈弦ばかりを責められない。

きっと閻羅王は呆れているだろう。

顔を伏せたまま、部屋を出ていく主を見送ることすらしない配下を手元に戻したことを悔やんですらいるかもしれない。

「那笏」

扉を閉める前に、閻羅王が口を開いた。

「もっと儂を頼るといい。二度と失態は犯さぬ」

その一言を残し、部屋から閻羅王の気配が消える。ひとりになったあとも唇を引き結んだまま、颯介は耐えきれずに自身の肩をぎゅっと抱くと、長衣の上から爪を立てた。

が、この程度の痛みではなんの役にも立たない。

閻羅王がいま、あえて「那笏」と呼んだのがわかるからだ。

記憶の襞に、かさぶたみたいにこびりついている過去があとからあとから明瞭に脳裏によみがえってくる。

永遠に治ることなく血を滲ませているかさぶただ。

誰が名づけたのか、閻羅王の四部衆と呼ばれ始め、そのことが誇りだったあの頃。ひとりの青年と出会った。

すべての記憶を持っている自分は、ずっと昔、前世で兄弟だった青年、史央を見つけて迂闊にも近づいてしまった。

きっと浮かれていたのだ。

四部衆の笏と獄長としての再会だった。

――兄さん？　あなたは……僕の兄さんなんですか？

史央が自分を呼ぶ声がいまだはっきりと耳に残っている。どこから間違ってしまったのだろうかと、幾度考えたか知れない。

当時、身体が空けば、たとえ一刻であろうと自分のもとへ飛んでくる史央が可愛かったし、嬉しくもあった。それまでずっと前世で関わりのあった人物を自分が一方的に認知するばかりだったから、史央とはよほど強い結び付きがあったのかもしれないなどと安易に考えていた。

何度か会ううちに違和感を抱いたにもかかわらず気づかないふりをしてしまった結果、史央は少しずつおかしくなっていった。

思い出すといまだ傷口を掻き毟っているような痛みを覚える。

転生する前の苦い出来事だ。

「僕には兄さんしかいないの、わかっているでしょう」

務めに戻るのを嫌がり始め、自分に対しても行かないでほしいと懇願してくるようになった。

「重責ゆえにつらいこともあるでしょうが、獄長を任されるなど、名誉なことではないですか」

そのたびに噛んで含めるように説得した。史央が努力したからこそ獄長の地位につけたのは間違いないのに、万が一にも自分のせいで任を怠るはめになったとしたら、と不安もあったのだ。

「獄長なんてやめてもいい。それより、ずっと兄さんの傍にいたい。離れたくない」

半面、すがるような瞳を向けられ、抱きつかれて拒絶し続けるのは難しい。どうしても前世の記憶が邪魔をする。

史央の最期は悲劇的だった。両親と出かけた旅先で物取りに遭い、ひとり追っていったまま行方(ゆくえ)知れずとなって、ひと月後、変わり果てた姿で発見された。

まだ十三歳の身でありながら客地(かくち)でひとり亡くなった弟を、どうやって突っぱねればいいというのか。自分も旅に同行していたらという後悔と、私用を優先させた罪悪感から史央へ煮え切らない態度をとってしまう。

「任を放り出せば、罰が与えられます。そうなるともう会えなくなるんですよ」

姑息(こそく)な手段と承知で半ば脅しめいた言い方をすると、渋々ながらもやっと身を離す史央に、内心で安堵する。

いったい何度同じことをくり返すのか、このままでいいはずがないと頭の隅で思いながら危機感に蓋をして、笑顔で史央を送り出していた。

同じやりとりを何度くり返した頃だろう。

「じゃあ、言うことを聞くからあれをしていい？」

頬を染めてそう聞かれるようになる。史央の言う「あれ」とは、口づけのことだ。一度不意打ちでされたときのことがはっきりと思い出されて、ぎくりと身をすくませたが、笑顔で躱(かわ)すこと以外の手立てが思いつかなかった。

「私も……すぐに戻らねばならないので」

暗に忙しいと告げ、逃れる以外は。

しかし、史央は優柔不断な自分を見透かしていて、きつく腕を摑んできた。

「僕の気持ち、知っているでしょう。僕は兄さんが好き。兄さんだけいればいい。あのひとにだって邪魔させないから。だって闇――」

「史央！」

危険な台詞を口走ろうとした史央を慌てて止める。いくら自室にふたりきりだといっても、言っていいことと悪いことがある。かつての弟であるからとお目こぼしをされていても、何度も自室へ招き入れていること自体、危ういのだ。

そんな状況下にあってもし史央が閻羅王を侮辱するような暴言を吐こうものなら、獄長とはいえ懲罰は免れないだろう。

「僕は構わない」

史央は畏れ知らずだ。こちらの気も知らず、まっすぐな双眸で見据えてくる。

「兄さんとだったら無間地獄にだって堕ちる」

「……冗談でも、やめなさい」

「冗談なんかじゃないっ。僕は本気なんだ！」

「し……史央」

揺るぎのない史央が怖くてたまらず、手を振り解くと那笏は部屋を飛び出した。兄弟だった頃の記憶が判然とあるわけではない史央がこれほどまでに執着してくるのは、なにもかも自分のせいのような気がして、それが恐ろしかった。

「那笏」

唐突に呼び止められ、ぎくりと身をすくませると同時に足を止める。無意識のうちに職場へ——閻魔の庁へ来ていたようで、ちょうど法壇へ戻ろうとしていた閻羅王と鉢合わせになった。

「かように急いで、何事だ」

「そ……」

走ったせいで乱れた呼吸のなか、かぶりを振った。こんな話は誰にも相談できない。閻羅王にならなおさら知られるわけにはいかなかった。

「なんでもありません」

はぐらかして立ち去ろうとしたものの、やはり閻羅王はそう甘くはなかった。

「史央か」

閻羅王が知らぬことなどない。冥府で起こったすべての出来事を耳にし、把握している。それゆえの王だ。

「そなたが突き放せぬのをいいことに、困ったものだ」

ため息混じりでそうこぼすと、いきなりこちらへ手を伸ばしてきた。

腰を抱き、自身に引き寄せ、誰しもを釘付けにする漆黒の闇の色をした双眸でまっすぐ射貫いてくると、思いも寄らなかった一言を発した。

「那笏。そなたは儂のものであろう？」

いまさらなにをと、肯定するつもりで口を開く。が、直後、閻羅王がいま、ここで問うてきた理由を理解した。

閻羅王のための四部衆、という質問ではないのだと。

もっと別の、ごく私的な意味合いが含まれていると察してただ漫然と閻羅王の双眸を見返した。

「儂のものだ」

そこで止まってしまった思考に反して、胸の奥がざわめくのを感じながら、間近にある端整な顔を見つめることしかできなくなる。

しかも閻羅王のまなざしが普段知るものとはちがっているように感じてしまい、とても平静でなどいられなかった。

「そなたの唇を奪いたいが――いまはやめておいたほうがよさそうだ」

耳打ちされたときもぼんやりとしていて、我に返ったときにはすでに閻羅王はそこにはおらず、ひとり立ち尽くしていた。

いったいなぜこんなことを。

あらためて確かめるまでもない。閻羅王の振る舞いは瞬く間に広がり、下級獄卒に至るまで知れ渡ることになった。

切れ者揃いの四部衆～、閻羅王の四部衆～。なかでも笏は腕利きで～、務めの記帳を捲ったあとは王の褥で裾めくられて～。

獄卒たちがまるで手毬唄のごとき気軽さで破廉恥極まりない唄を口ずさんでいたのを自分が耳にしたのは、まだその日の務めが終わる前だった。

那笏は閻羅王の愛妾。

あり得ない噂に驚いたのは自分ひとりで、閻羅王は意図的だったと知っても居たたまれない心地がした。だが、そのおかげで史央の姿を見かけなくなり、これでよかったと胸を撫で下ろしたのは事実だ。

実際、閻羅王の手助けがなければ、他に手立てもなく悪化の一途を辿っていただろうと容易に想像できた。

それほどまでに史央は思い詰めて見えたし、務めに穴を開けるのも時間の問題だったのだ。

「だからと言って、ここまでしていただかなくても大丈夫です」

感謝の念とは裏腹に、閻羅王の私室に招かれた那笏はそっけない態度に出る。可愛げがないと思われようと、自分は配下のひとりであり、閻羅王はあくまで好意で救いの手を差し伸べてくれたのだと常に弁えておく必要があった。

なぜなら。

「さあ、那笏」

以来、頻繁に私室へ招かれるようになったせいだ。愛妾ならば当然と言われても、たとえ疚しいことはなにもなくても、自分のせいでよけいな面倒事を増やしているという申し訳なさが先に立ってしまい、日を追うごとにつらくなっていく。

しかも問題は他にもあって、おかしな唄の内容は過激さを帯びるようになったのだ。

地獄にはやまぬものがふたつある。罪人の叫び声と笏のよがり声。

「史央もおそらく反省したようですし、これ以上の嘘はもう必要ありません」

閻羅王自身の立場に傷がつくはめになるのがなにより怖くて、今日限りで辞退すると申し出る。もともと自分が節度をもって史央に接していたなら、勘違いをさせるはめにもならなかったし、閻羅王に迷惑をかけずにすんだのだ。

「嘘、か」

部屋の隅に立ち尽くすばかりの自分の前に、閻羅王が立つ。長身の閻羅王に見下ろされると、なおさら己が小さな存在に思えた。

「では、真にするか」

「…………」

すぐに返答できなかったのは致し方ない。なにを真にするというのか、閻羅王の意図がわからず首を傾げてしまったのも、那笏にしてみれば至極自然なことだった。

「儂の妾になるかと申しておる」

でも、まさかこういう話だとは。

顎を捕らえられ、かあっと頭に血が上る。

「な……にを仰るんですか……あり得ません」

戯れ言にしてもたちが悪い。おそらくこの手のやりとりに慣れていない自分のことをからかっているにちがいない。

腹立たしさから、乱暴に頭を振って閻羅王の手から逃れる。

「そうか。残念だ」

ほら、と那笏は心中で吐き捨てた。

もし本気で受け取って承諾していたなら、ばかを見るのは自分自身だ。そうしていたならきっと、冗談も通じないのかと揶揄されたにちがいなかった。

「とにかくもう結構ですので」

閻羅王の私室に通うのをやめれば、しばらくは邪推されてもそのうち噂は沈静化するだろう。冥府の住人は退屈しているが、いつまでも根も葉もない噂話に構っているほど暇ではない。

「帰るのなら、送らせよう」

「いえ。ひとりのほうがいいです」

閻羅王の気遣いを辞退すると、すぐに部屋をあとにした。一刻も早くひとりになりたかったのは事実だし、なにより閻羅王とふたりきりでいることが苦痛だった。

それは、帰路の途中で起こった。混乱している頭を冷やしたくて、回り道をしたのが間違いだったのだろう。

「え――」

突如背後から頭に衝撃を受け、その場に膝をついた。手を後頭部にやるとぬるりとした感触があり、手のひらがあふれ出る体液でびっしょりと濡れるのがわかった。

「……史央」

目の前には、史央が立っている。蒼白な顔をした史央の瞳は氷のようにぎらつき、火のように燃えていた。

「許さない」

憎しみに顔を歪ませ、手にしている木切れを振りかぶる。

「僕を裏切るなんて、絶対に許さないっ　僕たちは……お互い特別であるはずなんだっ」

「……史……央っ」

そのとき初めて、己の過ちに気づいた。自分の罪は、弟を見つけた嬉しさから安易に近づいたことではない。

前世で兄弟だった事実を明瞭に記憶していること、それ自体にあるのだ。

可愛い史央。哀れな史央。

全部を憶えてしまっている自分は、おそらく当時の憐憫(れんびん)でもって史央に初めから接してしまったにちがいなかった。

「駄目だ……っ。史央……」

恨まれるのはしようがない。自業自得だ。

しかし、もし四部衆を手にかけたとなれば史央もただではすまないだろう。

「ここにいては……いけません」

いまにも昏倒(こんとう)しそうになりつつ、訴える。視界は揺らぎ、耳の傍で大きな音がしていて聞き取りづらかったが、まだ意識を手放すわけにはいかなかった。

「兄さん。僕の兄さん」

薄ら笑いを浮かべた史央が、馬乗りになり、両手を伸ばしてくる。抗(あらが)おうにももはや身体は言うことを聞かず、されるがままになる。

引きちぎる勢いで衣服を剝(は)ぎ取られた。

「やめ、なさ……史……っ」

なんとか目を覚ましてほしくて言葉を紡いでも史央には届かない。なす術もなく剝き出しの下肢を割られ、やすやすと史央が身体を入れてくるのを許してしまう。

「史——っ」

その瞬間、悲鳴を呑み込んだのは奇跡というしかなかった。焼けた鉄で貫かれたも同然の衝撃に、全身が痙攣する。

「うわ……すごい。兄さん。あったかい。あのね。僕、兄さんの匂いを嗅ぐといつもたまらなくなってたんだ。だから、別れたあと、何度自分で慰めたか知れない」

「ぐ……うぅ……ぅ」

「ああ、でも、やっと想いが叶ったんだ……」

すでに拒絶の声も出せず、意識を失うこともできないまま揺さぶられ、じわりと滲んだ涙で霞んだ視界の中で史央の恍惚とした顔を見ているしかなかった。

乱心できるものならしてしまいたかった。だが、どんな状況にあっても、自身の業からは逃れられない。

一時、一瞬を刻み込んでしまう笏の宿命からは。

「うぅぅ……っ」

「嬉しい……もう、兄さんは僕のもの……あぁ」

永遠にも思える時間に翻弄されていた那笏だが、直後、体内から熱が引き抜かれた。ようやく解放されると安堵したのもつかの間、なにより怖れていた事態に陥っていたことをぼんやりとした思考のなかで悟る。

「那笏」

自分を抱き留めているのは、あたたかく慈愛に満ちた腕。閻羅王の腕だ。

「来るのが遅れた。すまぬ」

抱き締めてくる腕の優しさとは異なり、閻羅王の顔は苦痛を滲ませ、歪んでいる。その顔を見たとき、自分の胸の奥でなにかが音を立てて折れる音を聞いた。

「え……らお……」

自分のせいで史央に愚かな真似をさせてしまった。そして、閻羅王にこれほどつらい顔をさせてしまった。

その事実に耐えきれず、堪(こら)えてきた涙が一筋、あふれ出た。

「すみ、ませ……」

「喋(しゃべ)るでない。すぐに手当をさせる」

「い……いいえ」

かぶりを振り、震える指先で閻羅王の顎に触れる。

「もし、哀れとお思いでしたら……どうかこのまま……ここには、もうおれません」

無間地獄をさまよってもいい。そのほうがマシだ。

いますぐ冥府から消え去ることができるなら、どこでもよかった。

「――那笏」

閻羅王の顔がいっそう歪む。

自分のためにそんな顔をしないでほしい。そう思いながら、閻羅王の腕の中で息絶えた瞬間の充足感を、自分ははっきりと憶えていた。

転生したのは、閻羅王の恩情にほかならない。愚かな笏を地獄へ堕とすか、霞のごとく消すか、閻羅王の頭をよぎらなかったはずはないのだ。

史央についても同じだろう。

閻羅王の四部衆のひとりを陵辱したあげく殺めたとなれば、無間地獄で永遠の責め苦を科せられてもおかしくはない。が、あえて叫喚地獄へという裁きを閻羅王が下したのは、罰のバランスをとったのだと察せられる。

史央も自分も七千年ですまされるべきではないほどの過ちを犯したというのに。

「……頼りすぎなくらいだと思います」

部屋の中央に立ち尽くした那笏は、とっくに去っていった閻羅王に向かってぼそりと呟く。苦い気持ちになるのはどうしようもない。

あまりに愚かな自分。閻羅王の慈悲にふさわしい者ではないと、他の誰に言われるまでもなく自身が厭というほど身に染みていた。

参

判で押したような生活は、向こうでもこちらでも同じだ。向こう側の人間からすれば凄惨に思える地獄も、慣れてしまえば日常で、いわゆるルーティンワークと変わらない。

自分に至っては完全な事務仕事で、実際責めを受けている場面に居合わせることがないためなおさらその傾向が強かった。

そもそも冥府自体退屈な場所だ。

冥官、獄卒、鬼(おに)たちがそれぞれ与えられた務めを果たす。地獄で責め苦を強いられている罪人たちですら、日々同じ苦痛を味わっているせいで、別の地獄へ行きたいと嘆く者がいるほどだ。

誰もが変化に飢えている。ちょっとした醜聞でも耳にしようものなら我先にと飛びつき、口に上らせるのだ。

どうやら最近これといった荒事がないのか、なかでも鉈弦は飽ききっていて、故意にやりすぎて閻羅王に叱責を受ける以外、暇つぶしと称してはなにかと務めの邪魔をしにやってくる。

「なあ、颯介。おまえ、なにをやらかしたんだ？　聞いても、誰も憶えてなくてよ」

どうやら鉈弦の興味は、これのようだ。

冥府の住人は噂好きの半面、忘れやすいので、件の童子はどうやら那笏らしいとわかったあとは「例の那笏が帰ってきた！」「あの那笏が！」という話はあっという間に冥府を駆け巡ったが、みな「例の」や「あの」がなんであったか、とっくに忘れ去っていた。

姿形すらすでに記憶にないらしく、童子の見た目に異を唱えたのは遙帳と天樹、玻琉のみで、あとの者はなんら疑念を持つことなく受け入れていた。

「聞かせるようなことはなにもありません」

務めの手は止めず、露骨に迷惑そうな態度をとったところで鉈弦には通用しない。

「嘘つけ。閻羅王がお気に入りのおまえを手放すなんてよっぽどのことだろ。七千年、七千年もだぞ？　あいつらも知っているみたいなのに教えてくれねえしよ。俺だけ知らねえのって、おかしいだろうよ」

あいつらというのは、言うまでもなく他の三人のことだ。彼らが口を噤んでいるのは、おそらく七千年前に閻羅王からそう命じられたからだろう。

「なあ、教えろって」

しつこい鉈弦に、遠回しな言い方で理解してもらうのは不可能だ。しかし、

「務めの邪魔です」

さすがにはっきり突っぱねれば去っていくだろうという目算は、ものの見事に外れてしま

った。

「息抜きってのも必要だろ？　おまえさあ、ガキに似合わない縦皺を眉間に刻んでちゃ、うまくいくもんもいかなくなるぞ。ああ、そうだ。せっかく帰ってきたんだ。ここは俺と地獄巡りと洒落込もうじゃねえか」

「………」

いったいどういう思考回路をしているのか、自分には鉈弦がまったく理解できない。空気を察するどころか、きっぱり撥ねつけてもまだ居座る。

「お断りします」

拒否すると同時に、席を立った。

責め苦を受けている者らを見物する趣味はないし、そもそも親しくもない鉈弦とこうして話をしていることすら不思議なくらいだ。

書物でも読んでいたほうがよほどいい、と鉈弦を残して執務室をあとにし、書庫へ足を向けた。

書庫の扉を開けた途端に、古い紙と墨の匂いが鼻をつく。好きな匂いだ。

骨董店を始める前、じつは古書店とどちらにしようか迷った。結局、骨董店にしたのは、偶然目にした茶簞笥に惹かれたからで深い意味などなかった。

骨董店は——青嵐はどうなっただろう。孫の伊織に遺したいという意向を勝手に押しつけてしまったが、負担になっていないだろうか。

骨董店そのものに執着があるわけではないが、もし潰すにしても、伊織に決めてほしいと思っている。

伊織は、物についた邪念を浄化する手を持って生まれてしまったから――。

考え事をしながら梯子に足をかけた颯介は、上段にある青い背表紙へ目を留める。現世の書物だろうか、さらに数段上がると、「あの世の手引き」などというタイトルのそれになにげなく手を伸ばした。

「……あ」

ふいに身体が傾ぐ。

梯子の建付けが悪かったのか、体勢を整えようとすればするほどぐらぐらと揺れ、ついには手が梯子から離れてしまった。

宙に放り出される格好になり、身を硬くした颯介だが、床に打ちつけられるはめにはならずにすんだ。

「……どうして、ここに」

というのも、そうなる前に閻羅王に抱き留められていたからだ。

「儂が書庫に来るのはおかしいか?」

閻羅王が眉根を寄せる。

「——いえ」

機嫌はあまりよくなさそうだ、と思ったのはどうやら半分当たっていた。

「考え事をして自身を疎かにする癖をどうにかせよ」

閻羅王の渋面はどうやら自分のせいのようだと知る。

迂闊だと言いたいのだろう。ひとつのことを考え出すと周りが見えなくなることはままあり、閻羅王のみならず遙帳や玻琉にも何度か忠告された。

「すみません……大丈夫ですので」

先日の歓迎会のとき。そしていま。

すでにもう二度も閻羅王に抱き上げられ、手を煩わせてしまっている。

「儂はいっこうに構わぬが。なにしろいまのそなたは童子。まるで子猫でも抱いているようだ」

などと言われるとなおさら落ち込みそうになり、

「私が構います」

颯介は閻羅王の腕から下りようと身を捩った。

なんとか抜け出したものの、気まずいことには変わりない。書物に囲まれ、本来居心地がいいはずの空間が、急に息苦しいものに感じ始める。

「お忙しいのではないのですか？」

こんなところで自分相手に無駄な時間を費やしている暇はないはず、と言外に告げる。

「忙しいな」

頷いた閻羅王は、それでもなお書庫に留まるつもりのようだった。

「話がしたい」

そう言って。

「……なんの、話でしょう。務めのことでしたら」

「そうではない」

まっすぐなまなざしで見つめられ、いっそう動揺した颯介は無意識のうちに後退りする。

それが不安の表れだというのは、自分でもわかっていた。

「我々ふたりの——そなたと儂の話だ」

「……っ」

いきなりのことに、息を呑む。

いや、閻羅王は常に直截だ。もって回った言い方はもとより、嘘やごまかしも一切ない。

それだけに狼狽えずにはいられないのだ。

「……話すことがあるとは思えませんが」

視線を合わせていられず、ふいと顔を背ける。

「儂にはある。いまだけでももとの姿に戻ってくれぬか」

「…………」

この一言が心の乱れに拍車をかける。童子の姿では話しづらいことなのかと思うと、身構えずにはいられないのだ。

「子どもの姿は、お嫌いですか」

この期に及んでまだ皮肉めいた返答をする。いや、もともと自分はこういう性格だった。頑なで融通がきかず、洒落も解さず、面白みのない男だ。

「大人同士の話がしたいのだ」

閻羅王にこうまで言われてもまだ素直になれない自分が厭になる。童子の姿は、自分にとっては予防線、殻だと自覚しているというのに。

わかっていても、どうすればいいのか決められない。なにかすることによってまた最悪な事態に陥ったら……と想像しただけで身がすくんだ。

まるで自分は疫病神だ。唇に歯を立てる。逃げ出したい衝動に耐え、この場に留まっているのがやっとだった。

「儂を恨んでおるのか?」

だが、予想だにしなかった問いかけに面食らう。感謝こそしていても、閻羅王に恨みなどあろうはずがない。

「どうして私が……あり得ません!」

即座に否定すると、痛いところを突かれた。

「ならば避けられておると感じているのは、儂の気のせいか？」

「それは……」

図星を指されて、返答に詰まる。認めると、次にはなぜ避けるのかと聞かれるだろう。

閻羅王を避ける理由なら、いくらでもある。顔を合わせると落ち着かなくなるし、居心地が悪いし、なにより愚かだった過去に否応なく向き合わされる。

が、それらすべては自分ひとりの都合、身勝手な感情だ。

「……務めは果たしております」

だから文句はないはずと、一方的と承知で告げる。こんな厭な奴なんて相手にしなくても、閻羅王を慕う者は掃いて捨てるほどいるのだから、と悲観的な心境にもなっていた。

「務めというのは、儂の配下としての務めのことか？」

それ以外になにがあるというのだ。

怪訝に思い、閻羅王へ目を向ける。視線が合った、そのタイミングで閻羅王が頬へ手を添えてきた。

「そなたは、儂の愛妾であろう」

「な……っ」

心臓がぎゅっとなにかで締めつけられたような錯覚に囚われた。

なぜ閻羅王がこんなことを言うのか、わからない。でも、古傷を抉られたのは確かで、呼吸も乱れる。

そっと胸を喘がせた颯介にできるのは、わざと笑い飛ばしてみせることだけだった。

「なにを仰るのかと思えば……あれは、あなたが私を助けてくださるための方便でしょう」

「そう思うか？」

言葉尻に被せる勢いで問われ、ふたたび視線をそらす。戻ってきてからの自分は、まともに閻羅王と目を合わせることすらできなくなっていた。いや、転生する前からそうだったような気がする。

閻羅王の愛妾とみなに思われ、おかしな唄が広まった頃から。

もしくはそれ以前からか。

「他にどう思えというのですか。口づけどころか、指一本触れ合わない愛妾など、此岸でも彼岸でも聞いたことがありません」

自分としては、これで話を打ち切ったつもりだった。方便だというなら笑い話にでもすればいいものを、それができない時点で矛盾しているのは重々承知していた。

「そうだな。口づけも交わさずじまいだった」

閻羅王の長い指に顎を捕らえられる。

無理やり顔を戻されると、間近で視線を合わせることを強要された。

「それでもそなたは、いまでも儂のものだと思うておる」

「…………」

一点の混じりけもない漆黒の瞳はなんて美しいのだろう。その瞳に射貫かれて、まともな返事なんてできるわけがない。

「儂を頼れというのは、そういう意味で申したのだ。半端な真似をして悔やむのは、一度きりで十分ぞ」

「……閻羅、王」

ぶるりと震えた颯介は、それが拒絶からでも畏れからでもないと気づいていた。このままここに、閻羅王とともにいたら自分はどうなるか。いっそ身を預けてしまいたいと、不相応の思いを抱くかもしれない。

一言も発さないまま、精一杯の理性、自制心を掻き集めて閻羅王の手から逃れる。無言で身を退き、なんとか書庫を出たものの、こみ上げてくる情動を抑える術はなかった。

あの頃。

閻羅王に特別目をかけてもらえて、誇らしかった。愛妾という噂にしても、否定的な物言いをしていた裏では、内心浮かれていた。

務め以外で閻羅王が自分を見て、名前を呼んでくれる。その事実にどれほどの悦びを覚えたか。

それらすべてを憶えているということは、感情も当時のままということ。

どれだけの刻が過ぎても思い出にはならず、だからこそ当時と同じ昂揚(こうよう)や躊躇(ためら)い、後ろめたさがこみ上げて苛(さいな)まれるのだ。

池端颯介として現世で過ごしている間すらそうだった。正直になれば、記憶が明瞭になってからはひたすら恋しく思っていた。

冥府を。

閻羅王を。

閻羅王のいる冥府へ帰りたいと切望していた。

こんな自分を浅ましいと言わずして、なんと言おう。

それればかりか、いまも、できることなら閻羅王に無理やり引き留めてほしかったと、心のどこかで願っている。

己の欲深さが恐ろしくなり、足を止めた颯介は奥歯を嚙み締めた。

こんな感情、誰にも知られたくない。閻羅王にならなおさらだった。

執務室に戻る前に、せめて上っ面だけでもしゃんとしなければ――と呼吸を整える努力をしていた颯介の視界に、ふわふわとした金色の髪が入ってくる。

「那……颯介！」

誰にも会いたくないときに限って、うまくいかないものだ。手を振りながら駆け寄ってきた天樹は、屈託のない笑顔で、いきなり早くと急かしてきた。

「どうしたのですか」

いったい何事かと問うてみても、

「来てのお楽しみ」

そう言って埒があかない。天樹が愉しげな様子であるのは見て取れた。

怪訝に思いつつも天樹に従うと、別室には玻琉が待っていた。

「内緒だよ。ほら」

そこにあるのは浄玻璃の鏡だ。どうやら天樹と玻琉は、あちらへ遺してきた息子と孫を心配しているだろうからと、気をきかせてくれたようだ。鏡に映っているのは、清貴と伊織の姿だった。

仕事帰りなのだろう、スーツ姿の清貴はいかにも聡明で、性格の穏やかさが顔に表れている。一方、清貴より十歳程度若い伊織は、知っている頃より表情がずいぶん明るくなり、頼もしくさえ見える。

ふたりともよい青年になっていた。

場所は、骨董店の奥にある住居スペースだ。自分にとっては晩年を過ごし、現世に別れを告げた場所でもある。

伊織は青嵐を継いでくれたらしく、純和風の居間に溶け込んでいた。

清貴と伊織、ふたりを見て、覚えず吐息がこぼれる。

茶を飲みながら談笑している様子に安堵した、などと言える資格など自分にはないとわかっていても、やはり胸があたたかくなる。

帰り際、清貴が伊織に手土産を渡した。どうやらきゅうりのようだが、伊織の好物がきゅうりとは聞いたことがない。

むしろ野菜全般苦手な子で――。

「あ」

突如、玻琉が声を上げる。

「わあ」

天樹もあたふたと鏡の前に立ち、視界を塞ごうとする。たったいままで和やかに現世を眺めていたふたりがどうして急に慌てだしたのか、問うまでもなかった。

清貴と入れ替わりに奥の部屋から入ってきた和装の男に、伊織が抱きついたのだ。かと思うと、あっという間に同衾し、あられもない姿が鏡に映し出される。

見るに堪えず、自ら頼んで中断してもらったものの、気まずい空気が流れ――とうとう玻琉が謝罪してきた。

「ごめんなさい。こんなことになるとは思わなくて」

玻琉が悪いわけではない。しかし、どうしても和装の男が気になった。

「あれは、誰ですか」

顔を見合わせたふたりがそわそわと落ち着きがないところをみると、彼を知っているようだ。

現世にいた自分よりも詳しいことについては、いまさらだろう。時折覗いていたと、当人たちが話していたのだから。

「そ、それは……」

口ごもる玻琉に対して、天樹は開き直ったのか両手を胸の前で組んだ。

「あの男――っていうか、水虎(すいこ)なんだけどね。春雷(しゅんらい)って名前で、伊織はたまって呼んでる。ちょっと前に拾ってきた壺の封印を解いて、出してやってから一緒に住んでるの。伊織、人間にしておくのはもったいない。肝(きも)が据わってる。さすが、那……颯介の孫」

感心したと言わんばかりの表情になる天樹に、颯介は衝撃を受けていた。

もはやどこから突っ込んでいいのかすらわからず、黙り込むしかなかった。

「まあ、幸せそうだし、いいんじゃない?」

楽天家らしく天樹はその一言で片づける。

「そ、そうですよ!」

玻琉も頬を引き攣らせながらも賛同した。

同性という以前に人間ですらないということ。安易に壺を拾ってきて、封印を解いたこと。

そんな得体の知れない妖を居着かせていること。

問題は大いにあるし、もし自分がそこにいたなら、妖を引き寄せるとろくなことがないと忠告したにちがいなかった。

しかし、もうその機会はない。

あちらとこちら。

自分にできるのは、幸せを願うことくらいだ。確かに、天樹の言うとおり幸せそうな顔を見られるのなら、それでいいような気がしてくる。

伊織は存外、芯の強い子だ。

「ありがとうございます」

天樹と玻琉に礼を言い、ひとり部屋を離れる。

執務室に向かいつつ、それに比べて、と腑甲斐ない己を省みて颯介は自嘲した。

どれだけの刻が流れても、同じ場所から動けずにいる。いつまでたっても堂々巡り、まるで成長がない。

一歩踏み出す勇気すら持てない、臆病者だ。

せめて閻羅王と正面から顔を合わせられれば、少しは変われるかもしれないのに。そう思いつつも、難しいのは颯介自身が誰より痛感していた。

閻羅王の前に身を置くたび、己の罪深さを暴かれるような心地になる自分にいったいなにができるというのだ――。

半醒半睡のなか、過去と現在を行ったり来たりする。

史央が弟だった頃、自分は桂加という名だった。サイと名乗っていたときもあったし、阿智と呼ばれていたときもあった。

冥府で任についてからはずっと那勿で、いまだ同じ名を名乗っている。池端颯介だった年月など、それに比べれば瞬きをする間ほどだ。

今後も、那勿として永遠とも言える、代わり映えのしない日々を過ごしていくのだろう。閻羅王の五部衆として。

――代わり映えのしない日々?

唐突な声に周囲を見回すと、いつの間にか真っ暗になっていた。いったいここはどこなのか、目を凝らした那勿は、前方にうっすら人の姿を認める。

いったい誰なのか。呼びかけようとしたとき、その人物がこちらに近づいてきた。

史央。

獄長だった頃の史央だ。清潔な衣服に身を包み、自信に満ちあふれている。自分を見ると笑顔で駆け寄ってきた史央だが、突如、立ち止まった。

いったいなにが起こったのか。

不思議に思った直後、史央がふたたび見えなくなる。黒いマントが史央の全身を覆ったのだ。

いや、マントではない。無数の害虫だ。蚊や蠅、蟻に百足、蛆。ありとあらゆる虫が史央の身体をもぞもぞと動き回っている。払おうとして躍起になっても、いったいどこから湧いて出るのか害虫は減るどころか増える一方だ。

史央と名前を呼んで助けに行こうとしたが、足の裏が地面にくっついてしまって微塵も動けない。懸命に踏み出そうとしても、まるで沼にはまったかのようにがっちりと固まってしまっている。

その間にも害虫まみれの史央は身体をくねらせる。

次の瞬間、一斉に害虫が引いていった。史央は見るも無惨な姿でよろめき、倒れ込む。衣服は破れ、そこから覗いた肌が赤く腫れ上がっているのだ。

相変わらず自分は動けないまま、薬を、と史央に向かって叫ぶ。ゆらりと立ち上がった史央に右手を上げたのと、異変が起こったのはほぼ同時だった。

ふたたび身体をくねらせ始めた史央に、今度はいったいなにが起こったのか。

じっと見つめることしかできずにいると——次の瞬間、あまりに恐ろしい光景を目にする。

赤く腫れた皮膚は徐々に膨れ上がり、でこぼこになっていく。そしていっぱいまで引き伸ばされた箇所から裂け始めると、めりめりと音を立てて捲れだした。

嘘！　そんなっ。史央……どうして！

なにを言ったところでどうにもならない。自分の目の前で史央は、顔、胸、腕と皮膚が剝がれ、その下の骨があらわになる。

悶え苦しむ史央の姿は、まるで闇の中で踊る深紅の炎のように見えた。

――タスケ……テ。

弱々しい声。

助けたいのに、足がどうしても動かない。

史央、と何度も叫んでいるうち、ふと、違和感を覚えた。

あれは、史央？

史央はもっと小柄ではなかったか。

背丈があって、手足が長い、あれは――。

「伊……織っ」

頭を殴られたかのような衝撃を受ける。確かに史央だったはずなのに……苦しみもがいているのは、伊織だ。

絶望に打ちのめされる。この世の災いが一気に押し寄せてきたような恐怖にもう声も出なくなった。

ただ立ち尽くし、飛び散る血飛沫（ちしぶき）の中でもがく伊織を茫然（ぼうぜん）と見つめるしかなかった。

「……はっ」

一瞬、自分がどこにいるのかわからず混乱する。双眸（そうぼう）を見開いた颯介は荒い呼吸をしつつ飛び起き、伊織の姿を捜して周囲を見回したが、どこにもいない。

それもそのはず自分がいるのは自室で、寝台の上だった。

どうやら悪夢を見たらしい。汗だくの額を手のひらで拭（ぬぐ）いながら、寝台を下りる。起きるにはまだ早い時刻だったものの、とてもまた眠る気になどなれず、濡（ぬ）らした手拭いで汗を拭うと、いまだ早鐘のように打っている鼓動をどうにかしたくて胸に手をやる。

しかし、いっこうにおさまる気配はない。

考えないように努力したところで悪夢は明瞭に頭の中で再現され続ける。夢も記憶のひとつ。絶対に忘れることはない。

椅子（いす）に腰（こし）掛け、しばらくじっとして過ごした。

現実でないだけよかったなんて、安直に胸を撫（な）で下ろせるほど楽天的ではない。むしろなにかの予兆のような気がして、さっきから悪寒に襲われている。

伊織の身になにかあったのでは。

疑いだすと背筋が凍り、伊織の様子を確認しようと決めた颯介は就業時間を待たずして玻（は）

琉の部屋を訪ねた。

「どうしたんですか？　早いですね」

まだ夜着姿の玻琉は驚きを見せたが、当たり前の反応だ。閻魔の庁で顔を合わせるまで待てなかったとなると、よほどの事態だと誰しも考えるだろう。

「じつは……あの、もう一度現世を見せていただけませんか」

本来、軽々しく覗き見していいものではない。五部衆については多少の決まり事を逸脱しても目を瞑ってもらえるとはいえ、本来浄玻璃の鏡を使用するには閻羅王の許可が必要だし、まず却下されるのは目に見えている。

それでも、どうしても確かめないことには務めにも支障が出る。

真剣な思いを察してくれたのか、多くを問うことなく玻琉は了承してくれた。

「特に変わったところはないようですが」

普段どおりの伊織の姿に、ようやく肩から力が抜ける。過去を悔いるあまり、あり得ない夢を見たようだ。

礼を告げ、玻琉の部屋を辞す。

「あ……このこと、閻羅王には」

去り際、扉の前でそう切り出した那笏に、

「言いません」

玻琉が笑顔で首を左右に振る。最後に目礼して自室へ戻った颯介は、務めに向かう支度をすると、ずいぶん早めではあったが執務室で任に取りかかった。

そのうち冥官たちもやってくる。

「あ、那笏様。今日は……やけに早かったのですね」

慌てふためく彼らに、よけいな気遣いをさせるのは本意ではない。

「閻羅王に急な用事を言いつかったのですが、それはもうすみました」

でまかせを口にすると、目に見えてほっとする彼らの様子に、今後はいっそう気をつけなければとあらためて思う。ひとりの暮らしが長かった現世とはちがい、いまは冥官も他の五部衆もいる。

なにより閻羅王に仕える身だ。

もともと協調性に欠ける性分のせいで、みなと足並みを揃えるのは容易ではないが、これもまた務めの範疇だろう。

以降は通常どおり黙々と務めに没頭する。

どれくらいたった頃か。ふと、ひとりの冥官が小首を傾げた。

「……なにか、あったんでしょうか」

冥官が不審がるのも当然で、やけに外が騒がしい。執務室の中にも慌ただしさは伝わっていて、颯介は同席している冥官に視線で問う。

彼も認識していないようで怪訝(けげん)な顔をすると、確かめるために席を外した。

しばらくして戻ってきた冥官は、よほど頭の痛い事態になっているのか、深刻な表情をしていた。

その理由は、直後に判明する。

「こんなこと前代未聞です」

そう前置きしてから語られた冥官の話を黙して聞いていた颯介だったが、途中から血の気が引いていくような心地を味わうはめになった。

それもそのはず、自分も無関係な話ではなかったのだ。

「ええ。その人間というのが、無謀というか、愚かというか。どうやら水虎(すいこ)を取り戻すために自ら地獄へ堕ちているようなんです。何度も」

水虎という一言を無視することはできない。

目を見開き、冥官に詰め寄った。

「伊織と申す者ではありませんか⁉」

悪夢は虫の知らせだったのか。どうか勘違いであってほしいと願いつつも、胸騒ぎは大きくなる一方だった。

「その者の名前です。池端伊織ではないですか？」

「名前は……」

こちらの剣幕に圧されたのだろう、冥官は戸惑いを見せてから、そうかもしれませんと返答した。

「いま、その者はどこへ」

「……わかりませんが、おそらく、責め苦を与えられている最中ではないかと」

「そんなっ」

たまらず執務室を飛び出す。

いますぐやめさせなければ、それだけを考えて走った。

が、館を出たところで銚弦が立ち塞がり、邪魔をする。

「退いてくださいっ」

銚弦の相手をしている場合ではないと噛みつき、振り切ろうと身を躱す。しかし、どうあっても通すつもりはないのか、壁となって進路を阻む。

「私は行かなければなりません……っ」

一から説明する余裕もなく、頼みますと懇願しても同じだ。

「颯介、おまえ、五部衆自ら閻羅王の命を破る気か？　身内だろうとなんだろうと、例外はねえ。いったん沙汰が下ったら、刑期を終えるまで解放されることはないんだよ」

「そんなの！」

銚弦に諭されるまでもない。罪人が解放されるのは、刑期を終えたとき、もしくは閻羅王の許しを得たときのどちらかだ。

「私は……五部衆に戻ることを承知していません」

だが、それを待っている余裕などあるはずもない。すぐさま駆けつけて救い出したいと、その一心だった。

伊織が苦しんでいるのだ。

「はっ」

鉈弦が鼻を鳴らす。

「承知してねえだと？　そんな屁理屈が通用するか」

半笑いで吐き捨てると、澱みなく声を響かせた。

「颯介よ。おまえ、閻羅王が強引に転生させた理由を考えたことあんのか？　おまえがいない七千年もの間、なんで誰も後釜にすえなかったか、知らねえとは言えないはずだ」

ざんばらの髪を逆立てんばかりに大声で正論を吐かれ、ぐっと反論を呑み込む。なにを言おうと、正しいのは鉈弦だ。

自分のは屁理屈だし、言い訳でしかない。

「この地獄で最強なのは、俺なんだよ。俺が一番役に立ってるってみんなが認めるだろう。けどな。閻羅王が誰より気にかけてるのは、おまえじゃねえのか？　じゃなきゃ、俺に守るよう直々に頼んできたりしねえだろ。いいか、命令じゃねえんだぞ。この意味もわからねえってか？」

「……っ」

知らなかった。少しもそういうことを考えなかった。

もう二度と失態は犯さないというのは、こういう意味だったのか。執務で多忙な閻羅王が傍にいられないぶん代わりに鉈弦に守らせている、と。

「でも……私は伊織を放ってはおけませんっ」

現世で見ないふりをするのとはわけがちがう。ここで放置するということは、文字通り地獄を見るということなのだ。

「てめえみたいなひょろひょろが地獄の瘴気に当てられたら、たちまちぶっ倒れちまうぞ」

「構いません。伊織の代わりに責めを受けられるものなら、そうしてもらいます」

だから伊織をあちらへ戻してほしい、と念じる。きっと閻羅王は、愚かな配下の気持ちなどお見通しのはずだ。

自分が伊織を放っておけないことくらいとっくに察しているだろう。

「本気か？」

半信半疑の態で問われ、焦りを堪えつつ頷く。

「業火に焼かれても、水責めに遭ってもいい。身体じゅうの骨を好きなだけ砕かれても構いません」

そう言い切ると、鉈弦が呆れた様子で両手を広げた。

「だとよ」

その一言を合図に、どこからともなく閻羅王が現れる。

「伊織がっ」

すべてを熟知している閻羅王は右手で制し、その後難題にでも挑むかのように眉間を指で押さえた。

「そなたの心情はわかっておる。しかし、これは伊織の意志なのだ。現世に返してもまた自らやってくる。正直なところ儂もほとほと困り果てておるのだ」

俄には信じがたいが、真実なのだろう。おそらくなんらかの理由で地獄に堕ちた水虎を取り戻そうとしているのだ。

なりふり構わず、自身のやり方で。

「だが、まあ、仕方があるまいな。そなたの血を引いている男がそう容易く御せるはずもない」

微かな笑みを浮かべて閻羅王は去っていく。

閻羅王と呼んだ自身の声が空しく響いた。結局、閻羅王を見送る以外、自分にできることはなかった。

「伊織は、どうして」

いくら水虎のためとはいえ我が身を投げ出すなど、どうかしている。現世に返しても、自らの意志で何度も戻ってくると閻羅王は言っていた。

地獄での記憶は失われているはずなのに、戻ってくるというなら、そのたびに思い出していることになる。

伊織にも流れている笏の血が忘れさせないのだとしたら、あまりに不憫でやりきれない。

「さあな」

鉈弦が、鋭い犬歯を覗かせた。

「まあ、なにがなんでもあの水虎を忘れたくねえってことだろ」

「…………」

なんでもないことのようにさらりと口にされた一言に、はっとする。当たり前のことに気づかされた。乱暴者の大鉈に教えられるとは思いもしなかったけれど、それこそが真実なのだろう。

伊織を動かしているのは、単純な感情なのだ。

「孫の拷問シーンを見物に行かねえか？」

悪逆無道の鉈弦にふさわしい、俗悪な台詞を無視して来た道を引き返す。自分が飛び込んでいっても無力さを痛感するだけとわかっているのに、見にいってどうなるというのだ。

伊織がてこでも動かないなら、閻羅王が始末をつけるまで待つ以外、他に道はない。

とはいえ、執務室に戻ったあとも、伊織の身が心配でじっとしているのは難しい。以後、職務の間を縫っては執務室を出て、地獄の入り口まで行っては帰るという無駄な行動をくり返して過ごすはめになった。

だが、けっして近づかなかった。伊織が痛めつけられる姿を目にするのが怖いという以前に、自分が顔を出すことによって事態が悪いほうへ向かったら、と危惧したためだ。

それゆえに同じ場所を何度も往復することになり、一度ならず血にまみれた獄卒とすれ違い、ひやりとする場面にも出くわした。

童子の姿のおかげで難を逃れたと言ってもいい。小さな身体は隠れる場所に不自由せず、背丈の低い木であっても、ちゃんと盾の役目をしてくれる。

獄卒はたいがい集団で行動するうえ、喋り好きなので近づいてくるとすぐに気づけるのも好都合だった。

「あいつ、でかいなりして、わんわん泣いてたな」

「あー、ありゃあ面白かった。ガキみたいなおっさんだったよな」

罪人の話で盛り上がりながら、すぐ傍を獄卒たちが通り過ぎていった。みながみな身体じゅうに血を浴びていて、獄卒の周囲には悪臭が漂っていた。

覚えず顔をしかめたのは、このうちの誰かが伊織を――とつい考えたせいで、うっかり飛び出し、問い質したくなる衝動をぐっと堪えるのに骨が折れた。

地獄の入り口まで行くのもゆうに両手以上の回数になった頃。

身を隠した木の陰から覗いた颯介は、視界に入ってきた見知った顔に声を上げそうになった。奇跡的にその前に両手で口を押さえたものの、運命のいたずらとしか思えなかった。

獄卒たちに混じって、すぐ目の前を史央が歩いていく。他の者同様に、史央の顔も身体も赤く染まっていた。

「新米よ。おまえの頭の潰し方はえげつないよな。わざと力を加減して、痛みを長引かせてるんだろ？」

ひとりがそう言うと、史央が歯を剝き出しにして、ひゃひゃひゃと笑う。

「や〜、わかりました？」

平の獄卒になったとは聞いていたけれど、まさかここで再会するとは予想だにしていなかった。

粗末な衣服を腰紐一本で身に巻きつけた史央は、自分の知る頃とは明らかに様子が変わっている。

顔つき、目つき、話し方。姿勢や歩き方も、知らない者のようだ。偶然史央が振り返らなければ、後ろ姿では気づけなかったにちがいない。

叫喚地獄の責め苦が史央を変えただろうことは間違いなかった。

「史……」

反射的に呼び止めようとした颯介だが、ぐっと声を堪える。そうしてしまったら、以前と同じだ。

木の陰に隠れてやりすごすのが得策だろう。

はたと、史央が足を止めた。

「諸先輩方。なにやら妙に匂いませんか？」

史央の言葉に、他の獄卒たちがくんくんと鼻を鳴らしながら周囲を嗅ぎ回りだす。

「いや、いつもと同じ匂いだが？」

他の者が否定するなか、史央のみしきりに首を傾げている。

「うまそうな匂いがする。どこからだ？」

——あのね。僕、兄さんの匂いを嗅ぐといつもたまらなくなってたんだ。

宿縁、宿命というのは厄介だ。それらはたいがい根っこが同じで、なかなか逃れることはできない。

転生してなお、繋がっている糸は切れないのだ。

そう思うとぶるぶると身体が震えた。

「しねえよ。いいから、行くぞ。新米」

他の獄卒に促されて去っていってからも、しばらくはそこから動けずにいた。謝りたい気持ちはあっても、直接顔を合わすことを考えると心臓が縮み上がる思いがする。

しかし、正直になるといまの自分にとって史央はすでに二の次になっていた。伊織を救いたい、どうにかして地獄のループから抜け出させたい、その気持ちはいまの史央を見ていっそう強くなる。

もし伊織が史央の二の舞になったら。

木の陰から身を出した那笏は、矢も盾もたまらずその足で閻羅王のいる閻魔の庁へと向かった。

今日も延々と続いている死者の列を横目に館へ入っていき、閻羅王が休憩のために法壇を下りるときを扉の前でじりじりと待つ。

長い時間が過ぎ、ようやく閻羅王が出てきた。閻羅王は自分を見ると、一度目を見開いた後、呆れたと言いたげな表情で、すいと横を通り過ぎていった。

「……閻羅王！」

知らん顔をするなんて。

咄嗟(とっさ)に、閻羅王を呼び止める。閻羅王が歩を緩めようともせず補佐を連れて離れていったせいで、颯介は背中を追いかけるしかなかった。

控え室の扉の前まで来ると、やっと閻羅王の視線がこちらへ向いた。話を聞いてくれる気になったのか、と思ったのは一瞬で、口を開く前に閻羅王自ら釘(くぎ)を刺してきた。

「儂の着替えを見たいのであれば、構わぬが」

すぐさまかぶりを振る。と同時になぜか頬が熱くなり、一歩、後ろに下がった。

「すみません。ここで待っています」

着替えが終わったら声をかけてくださいと言外に告げた颯介だが、閻羅王に腕を摑まれ、控え室へともに入る。

閻羅王は、明後日のほうへ目線をやると、気まずそうに髪へ手をやった。

「意地悪がすぎたようだ」

どうやら許可が下りたらしい。ほっとするが早いか、颯介は焦りを抑えて進み出た。

「急に押しかけてしまって申し訳ありません」

まずは非礼を詫びるところから、とこうべを垂れた颯介に、どさりと椅子に身を預けた閻羅王は無言で顎を引く。

その仕種に後押しされ、緊張しつつも口火を切った。

「伊織は、どうしていますか」

現在の伊織がどういう状況にあるか、自分は正確には知らされていない。どんな恐ろしい話を聞かされても受け止めると決めていたものの、やはりそう簡単にはすみそうになかった。

「どうだろうな。獄卒どもに切り刻まれておるか、それとも犯されておるか」

いたって冷静な声音で告げられ、ひゅっと喉が音を立てた。

「……それも、意地悪ですか？」

問う声が上擦る。

わずかな期待はすぐに打ち砕かれた。

「いや。事実を申しておるだけよ」

当然だ。地獄は、閻羅王は甘くない。身内だからという理由で手心を加えていては、地獄の規律はたちまち乱れてしまう。

「前にも言うたとおり、伊織自身が抜け出さない限り、いまの歪な反復はやめられまい。ここでの記憶を失うのが一番だが——難しいのはそなたも承知しているであろう」

閻羅王は正しい。

四部衆だ、五部衆だと持てはやされたところで自分など足元にも及ばないというのはよくわかっている。しかし、閻羅王が故意に避けているもうひとつの手立てを、口にせずにはいられなかった。

「水虎が——春雷が伊織の身代わりとなって地獄行きになったと聞きました。でしたら、私が身代わりになることで伊織と春雷を向こうへ帰していただけませんか」

ふたりで帰ることができたなら、もう二度とこちら側へ来るような真似はしないはずだ。

跪き、懇願する思いの提案だったが、閻羅王は歯牙にもかけなかった。

「話がそれだけなら、執務に戻るがよい」

おそらく自分がなにを言い出すか、閻羅王には察しがついていたにちがいない。一時の思案もなく却下されたが、あきらめきれずになおも食い下がる。

「血だと、閻羅王も仰ったじゃないですか。こうなるなら、なぜあのとき私を無間地獄に堕としてくださらなかったのですか」

感情的になるべきではない。そんなことは重々わかっていながら、こみ上げてくる激情を自制するのは難しい。

相手は閻羅王なのに。いや、閻羅王だからこそだ。

「いっそあのまま消えてなくなったほうがよほどよかったっ」

そうすればこんなふうにはならなかった。歯噛みをした那笏だったが、すぐに自身の過ちに気がついた。

閻羅王の表情が一変する。

眦が切れ上がり、鼻に横皺が刻まれ、唇は真一文字。常に公正である半面、閻羅王はけっして穏やかな気性ではない。

裁きの際は沈着冷静で、普段配下に対してほとんど感情をあらわにすることはないが、いざとなれば荒々しい。

二面性を兼ね備えた王として、冥府に君臨し続けている。

閻羅王は文机を大きな手のひらで叩き、室内に鈍い音を響かせた。

配下の口を塞ぐには、これだけで十分だ。口答えはもとより、言い訳ひとつできなくなる。

「消えたほうがよかった？　そう申したか？」

これについては自分の本心だった。あの場で消えていたなら、いまこうなっていなかったとどうしても考えてしまうのだ。

「あのとき儂がどんな思いだったか、そなたは少しも考えないのだな」

低く詰られ、はっとする。よく見ると歪んだ閻羅王の表情には、怒りというより苛立ちのほうが強く表れていた。

「身勝手なものだ。儂と話すのは拒みながら、こういうときは責めるか」

「……っ」

ぐうの音も出ないとは、このことだ。閻羅王が強要してこないのを都合よく受け取って、現実から目を背けていた。

鉈弦にも幾度となく助言されたにもかかわらず、自身の境遇を嘆くばかりでそれについて真剣に考えなかった。

「いいだろう。では、選ぶがよい」

閻羅王が両手を組み、熟視してきた。

「……選ぶ？」

「そうだ。儂か、伊織か。この場でどちらかを選んでみよ」

「――」

まさかこういう展開になるとは少しも考えなかった。予期していなかった選択を迫られ、思考が追いつかない。どういうつもりで閻羅王が選べと言うのか、まるで想像がつかないのだ。

「伊……織は孫です」

「そうであったな。では、伊織を選ぶというなら、儂はそなたを手放そう。輪廻転生の輪に戻るも、冥府に残るも好きにするがよい」

普段はいっさい感情を出さない補佐も、この事態に頬を強張らせる。張り詰めた空気が流れ、呼吸すらままならないほどだ。

それもそのはず、閻羅王は、颯介が答える前から伊織を選ぶと決めつけた物言いをしているのだから。

「…………」

確かに、祖父として孫の尻拭いをするのが道理だ。そうすべきだと思っているし、そうしたいと望んでもいる。

なのに、自分は伊織を選ぶと答えられない。

どうしてなのか。思案するまでもなかった。

自由を望んでいないせいだ。

任を解かれてしまえば、自分は何者でもなくなる。存在理由も失う。あのときいっそ消えたかったという気持ちは本心からだったが、生きて閻羅王から離れることを考えていなかった。

閻羅王が手放すというのは、永遠にという意味なのだ。

「私は……」

頭の中に浮かべた、永遠という言葉にショックを受ける。

なんて身勝手なのか。自分ほど独り善がりで、強欲な者はいない。

妻と子、孫まで得ておきながら、後ろめたさから背を向けてきた。冥府では、以前と少しも変わらないみなに、閻羅王に頼りきっていた。

もとの任に戻れた際には、心のどこかで安堵しなかったか。

七千年も遠回りをして、ようやく現実を直視した颯介は一言も発せられず、立ち尽くしてしまう。

「まったく」

閻羅王が、大きなため息をこぼす。

「さんざん邪険にされて傷ついているのは儂だというのに、そういう顔をされてはまるで儂のほうがそなたを苛めているようではないか」

椅子から腰を上げ、指先ひとつで補佐を部屋から立ち去らせると、同じ手をこちらへ伸ばしてきた。

「そなたは口を噤んだ。儂は、それをそなたの答えと受け取るぞ」

よいな、と念押しされてもなお返事ができない。なんて卑怯な男だと自己嫌悪に陥るが、それも閻羅王に顎を捕らえられるまでだった。

閻羅王の指が唇をゆっくりと辿っていく。

己のずるさ、卑屈さに嫌気が差しているのは本当なのに、途端に悦びがこみ上げるのはしようがないことだった。

「童子の姿でいるのは儂から逃れるためだというなら、無意味ぞ」

その言葉とともに、閻羅王に抱え上げられる。吐息が触れ合うほど間近で見つめ合うと、いかに自分が閻羅王に甘えてきたのかを否応なしに突きつけられた。

「……童子の姿は、自分から逃れるためです」

愚かな自分から目をそらしたい一心の戯事だ。

閻羅王の双眸が細められた。

「そなたは頑固で臆病者ゆえ、執着心も人一倍よ」

「……執着心？」

ああ、そうだったかとすべてに合点がいく。

閻羅王の一言は、すとんと胸に落ちてきた。

なにひとつ忘れられず、思い出にもならずすべてを明瞭に記憶している自分にとってなにもかもが不安の種で、だからこそ全部この手に摑んだまま離せずにいたようだ。

史央に、伊織に、自身の居場所に、五部衆としての務めに執着するのは不安の裏返しだったのか。

真に欲しいものがたったひとつ手に入るなら、それでいいはずなのに。

「まだ童子の姿を続けるつもりか？」

これには、少し迷ったすえにかぶりを振った。

「明日からはもとの姿に戻ります」

これ以上意地を張る理由がもうない。昔とはちがうとアピールすることで、自分の存在意義を確認していたのかと思うと、恥ずかしさで頭が沸騰しそうだった。

「なぜ明日でなければならぬのだ。いまでよいであろう」

「童子用の衣服なので、いまは無理ですから」

「儂はいっこうに構わぬぞ」

肩の力が抜けると、たったいままで張り詰めた糸のようだった空気がやわらぐ。閻羅王の渋面もすっかりなりをひそめ、穏やかな顔を見せている。

おそらく自分も同じだろう。

そのことを嬉しく感じるのは、颯介の場合どうしようもないことだった。

「無理に決まっています」

「残念だ。では、そちらは明日を待つとしよう。呼び方のほうはもうよいか？　颯介と呼ぶのには少々飽いた」

あっさり引き下がり、別の件をさらりと持ち出す。こういう切り出し方をされると、断りづらいと、断られないと高をくくっているにちがいなかった。

「……はい」

実際、これ以上続けるのは無理がある。童子の姿については単に意固地になっていたにすぎず、「颯介」という呼び名に至っては、自分ですらしっくりきていなかったのだ。冥府で一度もその名を使ったことがないのだから、初めからわかりきっていたことだった。

「そうか」

さっそく「那笏」と呼ばれ、妙な心地になる。他の者たちに呼ばれるのと閻羅王に呼ばれるのとどこに差があるのか、自分でも判然としないが。

「あの、もう下ろしていただけませんか」

居心地の悪さからごそごそと身を捩る。なんの嫌がらせか、閻羅王はあえて高く抱え上げると、幼子にするかのようにあやしてから解放してくれた。

「意趣返しですか」

明日戻ると約束したのに、と非難を込めて見上げる。

「童子はこれをやると喜ぶであろう？」

などと、しれっと口にしてから、閻羅王は真顔になった。

「明日。もとの姿に戻ったそなたに見せたいものがある」

「――――」

いったいなにを見せようというのか。もとの姿にならなければ、見せられないものなのか。すぐに質問を重ねたかったが、閻羅王が明日と言ったからには明日にならなければけっして納得できる答えは返ってこないだろう。

「儂は務めに戻るとしよう」

その言葉に、貴重な休憩時間を奪ってしまったと我に返る。謝罪しようとしたが、それより先に閻羅王がすいとすぐ傍を通り過ぎ、扉へ向かうと自らの手で開けてくれた。

「明日を愉しみにしておるぞ」

そう言って髪に触れてきた優しい手に、いったいどう反応すればいいというのだ。

謝罪どころか、了承の言葉も口にできず、無言で控え室をあとにするしかなかった。

「……なにをやっているんだか」

閻羅王が触れた髪に自分でも手をやった那笏は、ぼそりと自嘲ぎみに呟く。ひとつひとつを思い返してみるまでもなく、結局のところ自分は最初から閻羅王の手のひらで踊らされていたのだ。しかもそれが厭ではないのだから、もはやどうしようもない。

「ひどい祖父さんだ」

向こうでもこちらでも、身勝手で頑固で臆病だ。こんな祖父を持たねばならなかった伊織には心底同情する。

いや、同情なんて思っている時点でまるで他人事。つまるところ我欲にまみれた罪人や獄卒となにがちがうというのか。

きっと地獄行きだった。

裁きを受けないままこの場にいるが、もし死者の列に並んだまま普通の人間同様に裁きを受けていたなら、間違いなく自分は地獄行きを命じられていたはずだ。

地獄で日々苦痛に耐えながら、漂うように生き長らえていただろう。

当たり前ではないか。

孫より己の欲を優先するような罪深い男が、いまさらいい顔をしようなんてあまりに虫がよすぎる。

結局のところ、どう足掻いたところでこうなるのは自明の理なのだ。

⁂

那砂が去った控え室にひとり残った閻羅王は、

「盗み聞きは感心せんな」

奥の扉に向かって声をかける。那勿が気づかなかったのは幸いだが、鉈弦の気配は、伊織か儂かと選択を迫った直後から感じていた。

「別にしたくてしたわけじゃねえよ」

悪びれもせずに鉈弦が姿を現す。任の報告に来たところ偶然鉢合わせしたと言いたいようだが、立ち去らなかった時点で聞き耳を立てたも同然だろう。

「つーか、いいのか？　あれ」

鉈弦は、くいと顎で通路を示した。

「いいとは、なんのことだ」

あえて問い質したのは、周囲が那勿、もしくは自身と那勿の関係についてどう考えているのか把握するためだ。

本音は——頑なな那勿も仲間とともにいるうちに心を開くのではないかと期待しているがゆえだった。

「だってよ。もとの姿に戻っちまったらガキの姿でいるのとはまた別の意味で襲われるんじゃねえの？　颯介、もとは涼しげでえらい別嬪だったたって天樹が言ってたぞ」

どうやらみなの心配事はこちららしい。一見して振り返るほどの美形と言えば、誰もが玻琉の名前を挙げるだろうが、那勿の魅力は鉈弦が言ったとおり別の類のものだ。那勿は、なんとも表現しがたい独特の雰囲気を纏っている。

当人が無自覚なことも相俟って、ときにそれが色気にもなり、よからぬ輩を引き寄せる事態にもなりかねない。

史央の一件があって以降は、当人がどれほど不本意であろうと、彼の苦悩がさらなる呼び水となっているのは事実だった。

そのため、自身はもとより他の五部衆の心配事が尽きない。

常時警護をつけている現在は不届き者は近づいてこないが、目を離せばたちまち攫われてしまうだろうことは想像に難くなかった。

そうならないためにはなにが有効か。

なによりの近道は、那笏が五部衆としての自覚を持ち、配下や獄卒どもにそれを認識させることだった。

基本的に礼節に欠ける地獄の者らは、己の欲に忠実だ。裏を返せば、触れてはならない存在と徹底させれば反抗を知らない忠実な僕になる。

「あいつ、基本執務室と寄宿舎の往復だけどよ、永遠に自分のテリトリーだけで過ごせるわけじゃねえし。俺だって任があるから終始張りついていられるわけじゃねえんだ」

呆れ顔で鉈弦が頭を掻く。

「あれには狗を一匹つけてある」

過去の失態を悔いているのは自身も同じだ。もしかしたら、那笏本人よりその思いは強いかもしれない。

那笏を無防備な状態にしておくなど、到底あり得ないことだった。

「マジか」

一方で、鉈弦が驚くのも無理からぬことだろう。

荒事を片づけるための不在中に警護が必要なら、確かに鉈弦以外の者が必要になる。

とはいうものの、褐色の身体に斑点を持つ四つ目の狗を本来の役目以外で使うなど、特例中の特例だ。常に二匹で任を担っている狗が個々で動くのはどれくらいぶりか。閻羅王自身、即答するのは難しいほど久方ぶりだというのは確かだった。

もっとも現世に転生した後、また冥府に戻ってきた側近は那笏ひとりで、存在自体がすでに異例なため、過去の事案に鑑みたところで答えが出ないというのもまた事実なのだ。

「あの堅物がよく受け入れたな」

「那笏は知らぬことだ」

規律を重んじる那笏が固辞するのは目に見えている。

閻羅王はそれを熟知しているし、だからこその狗だった。那笏に悟られず秘密裡に見張り、変事の際のみ即刻知らせるという命を狗は厳守している。

ひゅうと鉈弦が口笛を吹いた。

「なんだよ、それ。本人に知らせてねえって、どんだけ漢なんだ。けど、それじゃ、那笏になにも伝わってねえってことじゃねえか。俺なら、これだけやってやってるんだってアピールしまくるぜ」

大げさに首を横に振ると、なおも鉈弦は無遠慮な台詞を重ねていく。

「にしてもさ、マジで、いくらなんでも甘やかしすぎなんじゃゃねえ？　あいつがいつまでたっても箱入りなのって、ほとんどあんたのせいだろ」

鉈弦はおおざっぱに見えて、時折こちらの腹を見透かしたかのごとく核心に触れてくる。いまの自身にはこれほど耳に痛い一言はない。

「そうかもしれぬな」

あっさり認めたのは、図星を指された具合の悪さからにほかならなかった。

「どちらにせよ、那笏にはそろそろ腹をくってもらわねばならぬ。そのためには、なんとしてでも自力で乗り越える必要があるのだ」

根幹にある、史央との一件。

遙か昔の前世で兄弟だったからといって、無理やり縁や血筋と繋げて考えているのがそもそもの誤りだ。前世の記憶を持っていないはずの史央が執着を抱くようになったのは、もとはといえば那笏が兄弟であることに無理やり意味を見いだそうとしたのが原因だった。

那笏にとってそれが大事だというのは理解できる。すべてを記憶している彼には、遠い昔に風化した出来事であっても、昨日あったことも同じ重みなのだと。

ならばなおさら、それを己で断ち切らない限り、那笏の苦しみは続くだろう。

「あっちを解放しなきゃよかったんじゃねえの？　無間地獄にでも突っ込んじまえばよかっただろ」

那笏の護衛を頼むにあたり、自らの失態でしかない那笏の転生の顛末を鉈弦には話してあった。率直な鉈弦の指摘はもっともだ。

本来、誰よりそうしたかったのは己自身だったのだ。那笏に狼藉を働いた史央は未来永劫地獄へ閉じ込めておきたかったし、またそうする手立てはいくらでもあった。

「そうもいかぬのだ」

しかし、現実はそう単純ではない。物事には釣り合い、均衡が重要だ。

冥府の王自らそれを曲げ、私情で裁きを曇らせては、たちまち冥府は修羅と化す。そうなると死者の魂が行き場をなくすはめにもなりかねないのだ。

史央を解放したのは、苦渋の選択だったと言っても過言ではない。

鉈弦もそれについてはそれなりに把握しているのか、

「まあ、俺ならその場でぶった切ってるけどな」

答えを求めず、あっけらかんと片づけた。

「おまえのように単純明快ならば、地獄の揉め事も半減するのだがな」

刹那、鉈弦に対するある種の羨望が胸にこみ上げる。自由奔放に立ち回る心地はいかほどのものだろうか、と頭をよぎったのだ。

もとより自身には無縁の感覚だ。

「まあ、その、弟っての？　そいつの気持ちもわからないでもねえけどな。颯介、妙に構いたくなるんだよな。苛めて反応見たくなるっていうか、泣かせたくなるっていうかさ。獄卒なんてみんな単細胞なんだからなおさらだろ」

しかし、奔放にしても言葉が過ぎる。

銠弦の戯言に、覚えずこめかみが引き攣った。表裏がないのは銠弦のいいところであり、だからこそみなに信頼されてもいるとはいえ、加減を知らないのは大きな難点であるのは確かだ。

「いまのは聞き捨てならんな」

ぎろりと銠弦を睨めつけた。

「そなたが真に地獄最強か、どうしても試したいというなら話は別だが」

「こわっ」

銠弦はすぐさま両手を上げて降参を示した。

「茶化して悪かったよ。さすがの俺様でも冥府の王と一戦交える気はねえ」

賢明な判断だ。

冥府の王と地獄最強と称される大銠が全力でぶつかれば、周囲を巻き込み、大きな代償を払うはめになる。それだけは避けなければならない。

なにより、閻羅王にしても鉈弦に立場を弁えさせるのが目的であって、本気で争う気などなかった。

「けど、いつまでたっても乳臭さが抜けねえ颯介が、あんたの気持ちに気づくかねえ」

同情を込めた一瞥を投げかけつつ、鉈弦はさらにこうも言ってきた。

「第一、颯介みたいな臆病で無垢な男、ここには向かねえだろ？」

おそらくそう思っているのは、鉈弦ひとりではないのだろう。口にはしなくとも、那笏に同情的な者は少なからずいる。

「そう思うか？」

あえて否定も肯定もせずに片笑んだ。じつのところ、自身の考えは真逆と言ってもよかった。

たとえみなが、本人がどう思っていようと那笏には冥府こそがふさわしい。那笏が呼び名にこだわっていたのも、現世に馴染めなかったことを証明している。さらに言えば、現世での七十年は、冥府でしか生きられないと気づくきっかけになっただろう。

那笏のことなら本人より熟知している。

なにしろ長い刻をかけて慈しみ、見守ってきたのだ。

一口に現世の七十年は冥府での七千年に相当すると言っても、比較することはできない。

まったく別の次元にあるため、刻の流れも体感もまるで別のものだ。

一方で、七千年はやはり気が遠くなるほどの長さであるのは間違いない。とりわけ一方的に待つ年月というのは、到底言葉では尽くしがたい。

閻羅王は鉈弦から視線を外すと、話は終わりだと無言の意思表示をする。

怪訝な表情になった鉈弦だが、これ以上留まるのは得策ではないと察したのか、なにも言わずに肩をすくめると、コキコキと首の骨の音をさせつつ退室していった。

さて、どうするか。

いまさら急くつもりはないとはいえ、長引かせる気もさらさらない。

背凭れに背を預けた閻羅王は、ひとまず明日、もとの姿に戻った那箚にどう接するのが最善か、それについて思考を巡らせた。

肆

翌日のこと。

姿見に映し出された自身の姿を前にして、那笏は戸惑いを覚える。長らく目にしていなかったため、戻ったというより、こんな風貌(ふうぼう)だったのかと不思議な感覚にもなった。

細い眉(まゆ)に、一重の目は現世ではまさに薄幸を絵に描いたようだと評される顔つきだ。以前よりも痩せてしまったのか、あらかじめ用意されていた衣服はどれも大きめで、頼りなさが前面に出る。

「いっそ髪を切ろうか」

背中まである黒髪がよけいに拍車をかけているような気がしてそう呟いたとき、

「駄目ー！」

いきなり叫び声とともに自室の扉が勢いよく開いた。

現れたのは、天樹(てんじゅ)と玻琉。情報源は閻羅王以外にはいない。

「朝から騒がしいですね」

呆れ顔で応じると、だってね、と天樹が言い訳を並べ始めた。

「閻羅王が、今日から那笏がもとに戻るって、もう那笏って呼んでもいいって言ったんだも

ん」

那笏、那笏とこれまでの分を取り戻さんばかりに連呼され、よけいなことを——と恥ずかしくなる。わざわざみなに伝えなくても、約束は守るのに。と、そこまで考えて、閻羅王の意図を察した。

約束を守らせるためではない。きっと、みなの前に出づらいという自分の気持ちを汲み取ってのことだ。

現に開き直るしかなくなり、こほんとひとつ咳払いをした那笏は、ふたりより先に自室を出た。

「急がないと遅れますよ」

玻琉と天樹を置いて、歩きだす。頭の中では、昨日の閻羅王の言葉、一言一句を思い出していた。

見せたいものがある、と閻羅王は言った。わざわざ前もって断ったからには、それなりのものと予測できる。

おそらく自分に深く関係しているだろう、というのを前提とすれば、考えられるのはふたつしかない。

史央、もしくは伊織に関するなにかだ。

史央については、もはやどうにかしたいという気持ちはなくなっていた。一応罪人と害を被った者という形になったものの、自分が冥府に戻ってきたのと同時に史央が解放されたことで、公正を重んじる閻羅王の配慮が窺える。

これ以上自分にできることはないし、またすべきではない。

だが、伊織の件は別だ。

こちらもできることがないというのはそのとおりだが……なんとかしてやりたいとどうしても考えてしまう。

自分のなかに、そういう人間らしい感情があったこと自体、驚くべきことだが。

「おはようございます」

いつものように執務室へ直行する。童子の姿しか知らない冥官たちは驚くだろう。なんと説明しようと思案しつつ扉を開けた那笏だが、すべて杞憂に終わった。

「おはようございます」

冥官たちはじつにさりげない様子で、昨日までと同じ態度で接してくる。こちらも事前に閻羅王が根回ししてくれたのだ、と思うと妙な気恥ずかしさを覚えた。

「……では、始めます」

その一言で、務めにとりかかる。

が、やはり気になるのか、冥官たちは時折こちらを窺ってくる。当然だ。童子がやってきたかと思えば、何事もなかったかのような様子である日突然大人になっているのだから、気にするなというほうが難しいだろう。

「やりにくいですか？」

記述の手を止めた那笏は顔を上げ、冥官に問う。

冥官は途端に頬を染めると、勢いよくかぶりを振った。

「いえ。そうではありません。ただ、那笏様がお噂どおりの方だと——」

「噂？」

どうせろくでもない噂だ。聞くつもりはなかったのに、冥官が口早に話し始める。

「とても美しい方で、独特の雰囲気に目を奪われると。実際、そのとおりでした」

覚えずしかめっ面になるのはしようがない。

「誰がそんなことを」

どうせ天樹あたりが大げさに話したのだろう。美しいというのは玻琉のような者を言うのであって、自分の見た目が普通であることは現世でも冥府でも変わらない。

「閻羅王です。見惚れていないで、しっかり務めを果たせと釘を刺されました」

にこやかにそう言ってきた冥官に、今度はこちらが赤面する番だった。いや、それだけではすまない。

顔どころか首や胸元まで熱くなり、どっと汗が噴き出した。

「そ……うですか」

あのひとはなんてことを配下に言うのだ。そもそも自分は美しくもなければ、他人が見惚れるような外見ではない。そんなことを言っていると閻羅王自身の審美眼を疑われる——そう心中で並べ立てる一方で、心がみっともなく弾んでいることに気づく。

閻羅王なりの気遣い、もしくは洒落であるのは間違いないのに、鼓動が速くなる。

「姿が変わっても驚かないようにという気遣いでしょう。務めに集中しますよ」

面白みのない自分にはそれくらいしか返す言葉がないので、あとは口を結び、ふたたび文机に目を落とす。

集中するにはなかなか難しく、頭の中に居座る閻羅王を脇に押しやるのに苦労した。

しばらくすると、めずらしく閻羅王の補佐が執務室に顔を出した。

「那笏様、執務に切りがつき次第顔を出すようにとのことです」

——明日。もとの姿に戻ったそなたに見せたいものがある。

昨日、閻羅王からそう告げられた。自分になにを見せたいのか見当もつかないけれど、閻羅王が無意味な行いに出るはずがない。

「すぐに参ります」

冥官にあとを預け、那笏自身は補佐とともに執務室をあとにする。補佐に従い通路を歩いていくと、閻羅王はまだ裁きのさなかのようで、威厳に満ちあふれた声が法廷から漏れ聞こえてきた。

「ここでお待ちください」

補佐はひとり中へ入っていく。扉の向こうに一瞬だけ見えた閻羅王の横顔に、那笏は吐息をこぼした。

威風堂々という表現がふさわしい閻羅王が、高い法壇の上から裁きを下す姿に何度圧倒されてきたか。

煌びやかな頭上の冠も、鮮やかな法衣も閻羅王自身の放つ輝きの前には霞んでしまう。

瞼の裏に焼きついた閻羅王の横顔に意識を奪われていると、

「那笏」

当人が姿を現した。

膝を折り、慇懃に挨拶をする。

「私をお呼びだと聞きましたので」

閻羅王はひとつ頷くと、ついてくるよう視線で促してきた。

どこへ、とは聞かない。黙って閻羅王の背中を追いかける。必要があれば説明してくれるだろう、と深刻に捉えていなかった那笏だが、行き先を知って途端に身体を硬直させた。

地獄の入り口だ。

どうして……閻羅王の意図を計りかねて戸惑いでいっぱいになる。それでも、構わずさらに足を進める閻羅王に異を唱えるわけにはいかず、背中に隠れるようにして、怯えながらも従うしかなかった。

「……ぅ」

激しい熱風の吹きすさぶ荒地。

そこここで目を覆わんばかりの拷問がくり広げられ、恐ろしいまでの泣き叫ぶ声が地獄じゅうに響き渡っている。

岩に何度も叩きつけられた罪人たちの骨は砕け、身体じゅうぼろぼろになるまで痛めつけられても終わらず、真っ赤に焼けた金槌で幾度も殴打されて夥しい血を周囲に飛び散らせるのだ。

ぐしゃ、ぐしゃ、と肉を潰す音がはっきりと耳に届く。とても直視できない。あまりに凄惨な光景だ。

瘴気と血の臭いで目眩を覚え、ふらりとよろめくと、さっきから震えっぱなしの肩を閻羅王がぐっと摑んできた。

「そなたはここで見ておるがよい」

立っているだけでやっとの自分の周囲が、直後、ぼんやりとした光に包まれる。途端に瘴気も臭いも消え、まるで真綿にでも包まれているような感覚に陥った。

目の前の惨劇ははっきりと見える。一方で、向こうからこちらは見えないのか、獄卒がすぐ傍を通り過ぎていった。

どうやら光は保護の役目を果たしてくれているらしい。

同時に、なにがあっても自分はこの光の幕から出られないというのも自覚する。

たとえ目の前に伊織が現れようとも。

「伊織！」

この場には不似合いなスーツ姿の男、篁とともにやってきたのは、まぎれもなく伊織だ。

シャツにパンツと、まるで買い物に出かけるような出で立ちの伊織の顔には脂汗が浮き出している。

この瘴気のなかでは、生身の人間はいくらも保たないはずだった。

「伊織！　伊織！」

だが、何度名前を呼んでも届かない。見ろという閻羅王の言葉以上のことはできないのだ。

固唾を呑んで、閻羅王と伊織のやりとりを見守るしかなかった。

「そこの人間、貴様は誰だと聞いておる」

閻羅王が険のある声を響かせる。普通ならそれだけで怖じ気づいてしまうし、きっと伊織も怯えているにちがいないのに、懸命に留まっている。

「たまを返してもらいに来ました。たまは、俺のものです」

伊織、やめなさい！　この地獄で閻羅王に刃向かってはいけません！

手を伸ばせば届きそうなほどの距離にもかかわらず、声を限りに叫んでも伊織はこちらに気づかない。

「それは儂に言っているのか？」

閻羅王が低く問う。凄まじいまでの迫力に圧倒されようと伊織は一歩も引かない。

「そうです。たまを返してください。いますぐ」

どうあっても春雷を連れて戻るという意志が、双眸に表れている。

駄目……このままでは伊織自身がひどい目に遭う。そう思った矢先、閻羅王の表情がふっとやわらいだ。

この後、厭な予感は的中する。

「おまえをこの地獄から救ってやろう」

閻羅王が、あちこちから骨を露出させた、血まみれの罪人を呼びつけた。どうやら彼が春雷のようだ。

長年の責め苦ですっかり精気を奪われた春雷は、閻羅王の言葉を理解できていないのかもしれない。ぼんやりと立ち尽くすばかりだ。

「ただし条件がある。その人間をこの場で嬲り殺しにし、身代わりとして置いてゆけ」

息を呑んだのは、伊織ばかりではなかった。

なんとか光の幕から出ようともがく。けれど、叩こうが押そうがびくともしない。なにをしても小さな亀裂ひとつ入れるのも困難だ。

春雷が伊織の首を摑み、いまにも縊り殺そうとしている様を見せられるなんて……いくらなんでもひどすぎる。

閻羅王はなんのためにこんな真似をするのか。

世の理を無視して、伊織は自らくり返し地獄に堕ちていると聞いた。その罰だとしても、あんまりだ。

きっと身体以上に心に傷を負っているだろう伊織を思うと、絶望的な心地になる。

「も……やめてくださいっ」

唐突に、春雷の手が伊織の首から離れた。咳き込む伊織を案じつつほっとしたのもつかの間、待っていたのはもっとひどい事態だった。

暴れ、自身の皮膚を裂き、抉る水虎に閻羅王は冷笑を浮かべる。

「ほう。水虎にも情はあるか。おまえを殺せないばかりか、醜く変わった己の姿を見られるのが厭らしい」

なんという恐ろしい方か。光の内側で那笏は畏怖し、震える。

公正であるがゆえに、閻羅王はどこまでも非情だ。人間に対してですら容赦がない。

それを伊織自身、感じ取っているはずなのに……。

伊織はけっして応じようとしない。驚くほどの精神力で正気を保ち、目的を果たすまで、我が身を犠牲にしてでもその場に留まろうとする。

この後、どれほどつらい目に遭おうとも意志を貫くだろうことは、その表情を見れば明らかだった。

なぜなら、そういう子だから。

ぼろぼろと涙があふれ出る。家族に対する気持ちは、現世での罪悪感の埋め合わせをしたいがためのものだ思っていた。

しかし、自身の中にこれほどの哀しみがあったことに初めて気づく。そして、愛おしいという気持ちも。

「……閻羅王……お願いです。もう、許してください」

お願いだからとくり返し懇願する。

「罰なら私が代わりに受けます……閻羅王、どうか慈悲を……っ」

光の幕を叩きながら、子どもみたいに声を上げて泣いた。

「閻羅王。お願い、です……伊織を、どうか伊織を助けてくださいっ」

これほどまでの苦痛。もう一秒も耐える自信がない。

我が身を切られるよりもつらい。苦しい。

初めて経験する、張り裂けそうなまでの痛みを感じて那笏は胸に爪(つめ)を立てた。

「あ……っ」

ふいに白い光が射し込み、視界を奪われる。それも一瞬の出来事で、今度は目の前が真っ暗になった。なにも見えなくなり、両手で空（くう）を探る。

伊織はどうなった？

無事なのか。

それとも――。

不安に駆られた那笏が次に目にしたのは、自室の天井だった。

「……夢」

ではない。夢ならどんなにいいか。だが、すべて現実として、記憶の襞（ひだ）に刻み込まれている。

ではなぜここへ。

濡れた頬はそのままに――それはひどい苦痛を伴う行為だったが――先刻の出来事を脳裏（のうり）で再現していった。

取り乱した自分は、昂（たかぶ）った状態で地獄の瘴気に触れたせいか、光の幕が解かれた途端に意識を失った。

部屋まで運んでくれたのは、誰であろう閻羅王だ。閻羅王の力強い腕をはっきりと感じ、憶（おぼ）えている。

「――伊織」

寝台から飛び起きた那笏は自室から駆け出し、寄宿舎の外へ出る。伊織がいたのは、おそらく焦熱（しょうねつ）地獄。

地獄は果てしなく広いうえに、常に執務室にこもっているせいで正確な場所を把握しきれていなかった。

それでもじっとしていられず、曖昧な感覚だけでそちらを目指して走る。

等活（とうかつ）地獄、黒縄（こくじょう）地獄と周囲で凄惨な光景がくり広げられるなか、「活（い）きよ、活きよ」と獄卒どもの声がけが耳に届いていた。

すでに恐怖心を覚える余裕もない。

伊織の姿を求めて、一心に駆け回る。家族への気持ちを認識したいまだからこそ、あきらめるわけにはいかなかった。

だが、大きな失態を犯してしまう。伊織のことだけを考えていたせいで、周囲に対しての注意力が散漫になっていた。

腕を摑まれ、初めて別の者の存在に気づく。

「おまえの匂い、前にも嗅いだ」

まさに拷問のさなかの獄卒たちの中心にいるのは、史央だった。

「史……っ」

血で汚れた衣服を纏い、鉄梃（かなてこ）を手にした史央が首筋に顔を近づけてくる。振り解（ほど）こうにも驚くほど力が強くて、どうにもならない。

拷問そっちのけで、くんくんと匂いを嗅ぎ始めた史央に、那笏はぎくりと身をすくめた。

「いい匂い。ああ、たまらない」

恍惚とした表情で鼻先を埋めてくる史央が、自身のものを押しつけてきたのだ。史央の中心は硬く勃ち上がっていて、その顔にも欲情があからさまに見てとれる。

はあはあと荒々しい息を吹きかけながら腰を動かし、擦りつけてくる史央に全身の産毛が逆立つほどの嫌悪感を覚えた。

一瞬にして、過去の記憶が押し寄せてくる。おぞましい記憶が、まるでいま現在起こっているかのごとく脳裏で再現される。

がたがたと身体が震えだし、呼吸がままならなくなった那笏は棒立ちになったまま声ひとつ上げられなくなった。

「……っ」

史央は鉄梃を落とすとその手で自身を掴み出し、腰を振りつつ扱き始める。もう一方の手は那笏の腕から胸へと移動させ、まさぐろうとする。

「や、め……」

必死の思いで身を捩った。が、それが刺激になったのか、ぐいと強い力で腕を引かれ、放り投げる勢いで倒される。

逃げる間もない。馬乗りになった史央は、さらに激しく一物を扱き、押しつけてくる。

「うぉ……お……」

理性を失い、欲望の塊となった史央を間近にして、こみ上げてきたのは憐憫だ。伊織や家族への思いとは異なる感情だと、はっきり自覚した。

遠い遠い前世の弟は、あのとき客地で死んだのだ。目の前にいるのはもう史央ではなく、多数いる獄卒のなかのひとり。

このまま淫欲にとりつかれれば、そのうち邪淫鬼へと変貌する可能性すらある。

大きく息を吸った那笏は、

「そこを退きなさい」

自分の上で自慰にふけっている史央へ言い放った。なおも続ける史央の頬を、ぴしゃりと張って睨めつける。

「私は閻羅王の五部衆のひとり、那笏ですよ。無礼は許しません」

そして、もう一度「退きなさい」と命じる。

史央は勃起させたままのそこから手を離すと、転がる勢いで上から退き、離れた場所でしゃがみ込んだ。

拷問に熱中していた他の獄卒たちも、途端にやめ、その場で跪く。自分たちもともに叱られたと勘違いしたようだ。

「す、ません……もう、しません」

史央は身を縮めて謝罪してくる。だが、やはり我欲に囚(とら)われてしまっていて、自慰を再開し、呻(うめ)き声を漏らす。

乱れた官服を整えた那笏は史央をそこへ残し、本来の目的、伊織を見つけることに集中しようとした。

走り疲れた足は、一歩を踏み出すたびに針山の上を歩いているも同然の激痛に襲われる。ふらふらとよろけてしまう。

これではいくらも進めない。

弱り切った自分に獄卒たちも罪人たちも近くにすら寄ってこないのが不思議だったが、いまはなにも考えられなかった。

ひとつのことを除いて。

「……閻羅王」

閻羅王は伊織に対して非情だった。

もとより冥府の王として、地獄荒らしも同然の行為を看過するわけにはいかないだろう。冥府は厳しい規律によって保たれている。伊織が相応の罰を受けるのは、避けられないことだ。

おそらく伊織は、自分が気を失ったあとも凄惨な目に遭ったはずだった。

これ以上伊織の苦しむ姿を見せられることを想像しただけで、気がおかしくなってしまいそうになる。

「…………」

　では、閻羅王はなぜ自分に伊織の姿を見るように告げたのか。それこそが仕置きで、苦しめようという意図か。

　だとするなら倒れた自分をわざわざ部屋に運ぶなど無意味だし、強引に目覚めさせてでも拷問を見せ続ければよかった。

　閻羅王には造作もないはずだ。

　痛む足をなんとか動かし、ふらふらと歩いていた那笏は、そこで止まった。

「伊織への仕打ちを見せたのは、私のためですか」

　伊織の苦しむ姿を目の当たりにして、やっと家族への思いに気づいた。史央に対するしがらみに似た固執を断ち切った。

「私への試練だったのですか?」

　もしくは試験か。

　呼びかけても閻羅王は現れない。またしても史央に襲われた自分に呆れ果てたのか。それとも、素直になれない時点で愛想を尽かされていたか。

　そう思うといっそう胸は苦しくなり、足の痛みなどどうでもよくなった。

「閻羅王！　私があなたのものだというなら、それを証明してください」

なにもない場所へ叫ぶ傍ら、両手を天へとまっすぐ伸ばした。

「私はここにいます。もしまだご自分のものだとお思いでしたら、いますぐここへ来て、抱き締めて、そう言ってください！」

力の限り声を振り絞り、叫ぶ。

四肢に力が入らなくなり、そのまま身体を傾がせた那笏は膝から頽れた。はずだった。そうならなかったのは、背後から力強い腕に抱き留められたからだ。

「なかなか大胆な真似をする。そなたの告白は地獄じゅうに響き渡ったぞ？」

ふっと耳元で笑う声に、全身に悦びが広がる。意地を張ったところで、こんな気持ちにさせられるのは閻羅王ひとりなのだから、初めから結果は見えていた。

「どうせ遅いか早いかで、みなに知れ渡るでしょう？　それより、私は合格ですか？」

嬉しさからつい口早になる。

浮ついているという自覚はあるが、まぎれもない事実だ。

戻ればきっと真っ先に天樹が寄ってきて、「閻羅王に告白したんだって？」「那笏って案外情熱的」「どんな気持ちだった？」などと質問責めにされるに決まっている。

鉈弦は「結局それかよ」と、呆れた横目を流してくるだろう。

玻琉や遙帳、他の冥官にしてもそうだ。口ではなにも言わなくても、心の中では同じようなことを思うにちがいなかった。

頭が冷えれば短慮な真似をしたと恥じ入るかもしれない。だが、いまはそれらすべてどうでもよかった。

冷静にはほど遠いため、心のままに従う。

「ああ、あの獄卒を退ける様は見事であった」

すでに史央のことも二の次だ。閻羅王が史央を「あの獄卒」と呼んでも、自分のなかのどこにも痛みはなかった。

身勝手なのはいまさらだ。そんな自分を受け入れると決めたからには、揺らがず、強くなるしかない。

冥府は自分にとってけっして住みやすい場所ではないし、笏の宿命に今後も翻弄（ほんろう）されるだろうけれど、閻羅王のもとにいると決めたのだから。

「お褒（ほ）めにあずかり、光栄です」

閻羅王さえ認めてくれるなら、他は些末（さまつ）なこと。那笏は閻羅王の体温を感じつつ、逞（たくま）しい腕をぎゅっと摑んだ。

「あ」

次の瞬間、身体が浮き上がる。閻羅王に抱き上げられるのは三度目になるが、慣れる日なんて永遠に来ないだろう。

「自分で、歩けます」

本当は足が動くかどうか自信がなかったものの、誰に見られているかわからないし、なにより恥ずかしかったが、思わぬ一言が返ってきた。

「そなたは儂のもの。儂のものをどうしようと儂の勝手であろう。その代わり、儂以外の者がそなたに指一本触れることも許さぬ」

一点の陰りもない、毅然たる言葉だ。

真摯なまなざしと声音に、冥府に戻って初めて那笏はまっすぐ閻羅王を見つめた。

我が王は、なんと美しいのか。

みなが閻羅王を敬い、傅くのは冥府の王だからという以前に、おそらくそうせずにはいられないからだ。

「……あなたの告白もみなに知れ渡りましたが」

果たして自分はこれほどの王に情けをかけられる資格があるのかどうか。この期に及んで、新たな疑念が生じる。

「なに。いまさらであろう。儂は七千年も前から同じことしか申しておらぬ。そなたは儂のものだ、と」

なんでもないことのようにさらりと口にされたそれは、あまりに重い。自分にとっては色恋で片づけられる程度の問題ではなかった。

史央とのいざこざ、転生した後の七十年間、そして戻ってきてからの出来事。ありとあらゆる記憶が洪水のごとく押し寄せてくる。

そこには常に閻羅王がいた。

まだ自分が何者か不明瞭なまま人間として暮らしていた頃ですら、常になにかが足りない気がして、それがなんであるか判然としないまま周囲に視線を巡らせることがあった。

こうまで閻羅王に縛られてきたのだから、たとえいまさらであろうと怖じ気づくのはしようがない。

これ以上閻羅王に囚われてしまったらどうなるか、まるで想像がつかないのだ。

睫毛(まつげ)を瞬かせたとき、計ったようなタイミングでぐるると獣じみた声を聞き、そちらを振り返った。そこには、閻羅王がいるにもかかわらず物欲しげな顔でこちらを窺う史央がいたが――すでにまともな状態ではないのは明らかだった。

「邪魔だ。去れ」

史央を一瞥もせず、閻羅王は指と指を弾(はじ)く。すると史央は見えないなにかに弾き飛ばされ、どこかへ消えてしまった。

「早晩彼奴(あやつ)は餓鬼(がき)に堕ちる」

もはや手遅れという意味だ。那箚にしても異を唱えるつもりはない。閻羅王がそういうならそうだろうと存外納得している己の冷たさに苦笑するだけで、あっさり史央に別れを告げた。

「今度はいくらそなたに頼まれようと、転生はさせぬぞ」

どうやら閻羅王には自分の迷いなどお見通しらしい。

当然のことだ。そもそも閻羅王に隠し事などできるはずがなかった。

「そなたを転生させたこと、儂がどれだけ悔やんだか知らぬであろう。そなたのいない七千年は、儂にとっては永遠の責め苦のように思えた」

「…………」

見つめ合ったまま想いを伝えられて、心が熱く震えた。これ以上なんの不満があるというのだ。

こうまで言われてまだ迷うのなら、自分はただの愚か者でしかない。

閻羅王に自身が釣り合わないのは当たり前。ならば、少しでも認められるよう努力することを選ぶべきだろう。

「――私も、いつもあなたに会いたかったです」

自ら両腕を閻羅王の首に回す。

那笏と耳元で名前を呼ばれた瞬間の胸の高鳴り、疼(うず)きをどう表現すればいいのか、適切な言葉が浮かばない。

ひとつ確かなのは、すべてを明瞭に記憶している自分が初めて知った情動に、目が眩(くら)むほどの多幸感を味わっているということだった。

伍

　閻魔の庁の主（あるじ）として、本日分の裁きを終えてすぐのこと。法壇を下りるや否や、めずらしく玻琉がなにか言いたげに唇を開いた。

　どうやら言うか言うまいか迷っているようで、歯切れの悪い様子の玻琉に、閻羅王はこちらから水を向ける。

「遠慮せずに申してみよ」

　それでもまだ躊躇（ためら）いを見せている玻琉を押しのけるように、天樹が割り込んできた。

「じゃあ、僕が代わりに」

　そう前置きすると、代弁し始める。

「閻羅王は、那笏とラブラブになったんですよね。あ、ラブラブっていうのは色恋的親密さが増してお互い夢中って状態を言うんですけど、ラブラブになったら、普通は辛抱たまらんってなって同衾（どうきん）するんじゃないんですか？　むしろ毎日！　絶え間なく！」

　そういう話が広まっているのか、などとは問い返すまでもないだろう。先日の那笏とのやりとりは地獄じゅうの知るところではあるし、実際、それを意図したのは閻羅王自身だった。

「那笏、普通に寄宿舎に戻ってきてるんですけど！　今朝も普段どおり自分の部屋から務めに出たんですけど！」

鼻息も荒く詰め寄ってくる天樹は、おそらく心中で「閻羅王、意外に腑甲斐ない」と責めているにちがいない。

頬を赤らめつつ目を伏せたところをみると、基本的に控えめな玻琉の言い分も同じだったようだ。

「那笏……気の毒に」

直球の天樹とはちがい、ぼそりと同情を込めた一言を発するぶん、玻琉がより深い同情を抱いているのは明白だった。

いらぬこと、と突っぱねるのは立場的に容易いだろう。しかし、長年那笏を案じてきた彼らの友情に、主として応える義務がある。

五部衆が互いに思いやりを持つのは、好ましいことだ。

「那笏が気の毒、か」

閻羅王は額を手で押さえると、故意に深いため息をついてみせた。

「気の毒と言うなら、儂のほうがよほどであろう。断っておくが、あっさりと寄宿舎に戻ったのはあれぞ」

じつのところ、この言い分は正当なものだった。那笏を寝所に誘う間もなかったのは事実だ。

夢心地の表情を見せながら那笏はそうするのが当然とばかりに、「ありがとうございました」「遅くまで申し訳ありません」と言い残して帰っていった。

那笏らしいと言えばそうだが、袖にされたあげく側近に責められたのでは、さすがに納得がいかない。

あの日からすでに数日。

那笏は変わらず執務室と寄宿舎を往復する日々を送っているのだ。

「え、それって」

天樹が頰に両手をやり、目を大きく見開いた。

「おあずけ？　閻羅王に対しておあずけなの？　さすが那笏」

一方で玻琉は、気まずそうに頰を引き攣らせた。

「……たぶん、そういうことは考えてないのでは？」

この場合、玻琉の言い分が正解だろう。那笏は駆け引きのできるような性分ではないし、帰っていった際の表情はどこか晴れがましくもあった。

「閻羅王はどうなさるのですか？」

玻琉の問いに、しばし思案する。

那笏のことだ。配下としてこれまで以上に務めに励み、迷惑をかけたぶんも役に立とう、そう考えていたとしてもなんら不思議ではないので、好きにさせていたなら永久にこのままの状態が続くだろうことは目に見えている。

ならば、こちらからなんらかの手立てを講ずるしかないのだが。

「なにもせぬ」

天樹と玻琉にそう答える。

「えー、それじゃこのままってこともあり得るってことじゃないですか！　せっかくのビッグカップルが台無し！」

唇を尖らせる天樹は、那笏のためというのも本音だろうが、半分は自身の愉しみのためもあるにちがいない。言葉の端々にそれが表れている。

他者の色恋が娯楽になるのは、現世も冥府も同じらしい。

「もうよいか？」

その一言で閻羅王はふたりから離れ、控え室へ向かう。玻琉と天樹は振り切れたものの、次なる障害が待っていた。

「いいかげんにまとまってくれねえかな」

途中で待ち構えていた鉈弦も、顔を合わせるや否やそう投げかけてくる。天樹にしても鉈弦にしても、補佐が傍に控えていようといっこうに気にしないのはいつものことだが、この件に関しては顕著だ。

それほど那笏が気にかけられている証拠とも言える。

「今日、あいつ、めずらしくミスしてたぞ」

可哀相にと同情まで滲ませる鉈弦は、那笏については口を出す権利があると思っているようだ。

自身を解放した人間と思い込んでいる鉈弦にしてみれば、那笏は親同然であるのかもしれない。

「放置プレイもほどほどにして、構ってやったらどうっすかね」

助言よろしくそう言った鉈弦の目前を、あえて足を止めずに通り過ぎる。

「儂がなにも考えておらぬとでも？」

擦れ違い様言い放った一言が、自身の答えだった。

天樹に玻琉、鉈弦が那笏を案じる心持ちは誰より理解している。半面、この件に関して、

他者にとやかく言われる筋合いはないというのも本心だ。

自身と那笏、ふたりのごく個人的な問題であって、他者からの助言も激励も不要。ふたり

で決めればいいことなのだ。

控え室へ辿りつくや否や、閻羅王は補佐の手を借りて冠を外し、法衣から長衣に着替えを

すませる。

常にそうであるように、まっすぐ帰路についた。

邸宅は、閻魔の庁と遜色ない立派な居館だ。龍の彫り物が施された門に、豪奢な建物。

いかにも冥府の王にふさわしい居館だが、一歩中に入ると、飾りけのない住まいとなっている。住み心地のよさを優先したためで、内装や調度品に華美な装飾はなく、任を終えた自身を待っているのは広々とした空間だった。

身の回りの世話を任せている使用人も両手ほどで十分足りる。

「おかえりなさいませ」

使用人たちの出迎えを受けると、その足で浴場へ向かうのは日課だ。血の池地獄ほどの大きさの浴槽には常時たっぷりの湯が張られていて、濛々（もうもう）と湯気が立っている。

熱い湯に身を沈めた途端、眉根が寄った。

「那笏が可哀相だと？」

気にならないと言いつつも、どうやら先ほどの鉈弦の一言が引っかかっているようだ。玻琉が那笏を案じる言葉とはちがい、鉈弦については第三者の意見として耳に残るのかもしれない。

一方で、那笏のあれは、初心（うぶ）というより無知からくるものではないかと疑ってもいた。もとより好きで那笏を避けているわけではない。先刻、執務室に入る那笏の姿を見かけた際、素通りするのにどれほどの忍耐を強いられたか。

すぐに駆け寄り、強引に連れ去ってしまったとしても誰も責める者はいないはずだ。むしろそうしたほうが天樹も玻琉も鉈弦も納得しただろうに。

「儂の気も知らず」

堪えたのは、すべて今後のためだ。

執務中に失態を犯した那笏は、おそらくいま頃落ち込んでいるだろうが、それがなんだという。

儂の焦燥に比べれば、那笏の落胆など一時的なものでしかない。なにしろ七千年も待ちぼうけを食らっている身だ——と、心中で那笏を責める。

なまじ心を通わせれば、日に日に恋しさが募っていくのは、誰しも同じだ。そこに現世も冥府も、主も配下もないと、いつ那笏は気づくか。

このままでは那笏の潔癖さと己の忍耐力、どちらが保つかしばらく競うはめになりそうだ。

しかも、那笏の場合は無意識なだけに始末に負えない。

浴槽から出た閻羅王は、使用人に夜着の支度を任せつつ思案を続けたものの、いくらもせずに音を上げる。

それも当然、こうまで焦(じ)れているという時点で、誰から見てもこちらのほうが分(ぶ)が悪い。

目論見(もくろみ)はさておき、早々に折れて手を打つべきだろう。たとえ「おあずけ」や「放置プレイ」がふたりの仲を変えるためのものであっても、それで那笏が落ち込んでいるなら本末転倒なのだから。

銃弦に甘いと指摘されようと、甘くなるのは致し方のないことだった。

——明日にでも居館に誘うか。

半ばあきらめの境地でそう呟いた閻羅王は、浴場をあとにし、書斎から書物を手にして寝所へ移動する。

室内灯の淡い灯り(あか)のなか、天蓋付きの寝台の隣にある文机につき、書物に目を通し始めてしばらく過ぎた頃——扉を叩く音に気づいて顔を上げる。

「主様(ぬしさま)。那笏様がお見えです」

使用人の言葉に、息を呑む。状況を理解するのに数秒を要したとしても、いまばかりはしようがない。

あの那笏が、自らの意思で居館を訪ねてきたのだ。そもそも任を離れた時刻に居館を訪ねてくる者など皆無、よほど火急の用件であれば別だが、そのような大事は少なくともこの数千年、一度として起こっていない。

「通せ」

咳払いをひとつした後、閻羅王は使用人に返答する。書斎へ立ち寄り書物をもとの場所へ戻してから、夜着のまま客間へ顔を出した。

「何事か」

開口一番の問いかけは、那笏を困らせたらしい。

「申し訳ありません。ご自宅に押しかけるなど無礼とわかっていたのですが……」

戸惑いを見せる。執務中の顔しか知らない冥官たちが、もしいまの那笏を目にしたなら驚愕するにちがいない。

黙々と務めを果たす那笏は、普段はほほ笑むことすらしない。かろうじて天樹や玻琉の前で緊張を解く程度だ。

「ならば、公務に関する話ではないということか」

座るよう促した閻羅王は、自身も腰を下ろす。ふたりを隔てる十尺ほどの黒檀の卓は、いまの那笏との心の距離そのものに感じられた。

それほど那笏は神経を張り詰めている。

「……はい」

現に那笏からは親しみなど微塵も感じられず、視線すら合わせようともしない。それどころか以前より遠慮がちにも見える。先日心が通い合ったことは偽りだったと言い出したとしても少しも不思議ではなかった。

「そなたは、儂の居館へ足を踏み入れるつもりがないのかと思うておった」

皮肉に聞こえたのか、那笏がきゅっと唇を引き結ぶ。実際、この程度の当てつけは許されるはずだと開き直る心持ちもあった。

「ちょうどよい。儂も、寝所でそなたとのことを考えておったところだ。そなたの用件から申せ」

しかし、拗ねていては話は進まない。こちらとしては、今日こそ腹を割って話すための誘い水のつもりで促した。

言いにくそうに何度か唇に歯を立てる那笏を、その後は忍耐強く待つ。ここまできて焦ったところでなんら利はないと自身に言い聞かせながら。

那笏はようやく話す気になったのか、肩で一度呼吸をしてから切り出した。

「……伊織のことです」

この場でまだ他者の話を持ち出すか。わずかとはいえ期待があっただけに失望も大きい。

しかし、これには続きがあった。

「私は、伊織の祖父です。祖父として、伊織のことを一番に考えなければなりません。でも、……できないのです。私ときたら、なにをしていてもあなたのことばかり考えてしまっていて……今日はとうとう数カ所、書き損じてしまいました」

悔やみ、深く反省しているのは伏し目がちなその表情を見れば明らかだ。那笏にとっては、書き損じれば直せばいいという問題ではないのだろう。

「あってはならないことなのに、ちゃんとしなければと思えば思うほど、自制できないのです」

徐々に口調にも熱がこもっていく。

相槌も打たず、黙したまま耳を傾けた。

「みな、これくらいのことと慰めてくれましたが、とても喜べません。今日は数カ所ですみました。でも、明日はもっと増えるかもしれません。それを考えると恐ろしくて……血の気が引いてしまいます」

いつまでたっても那劮は本題に入ろうとせず、要領を得ない。しかし、那劮がこれほど饒舌(じょうぜつ)なこと自体稀(まれ)であるため、これを機にすべてを吐き出させたくて、ひたすら聞き役に徹する。

「自分でも……どうしていいかわからないのです。こんなことは初めてで……お休みと承知で押しかけてしまったのも、もう耐えられなくなったからで」

那劮が、助けを求めるように視線を上げた。

閻羅王は、静かに口を開いた。

「そなたは、儂に叱られたくて訪ねてきたのか？」

「え……あ」

我に返ったのだろう、頬を赤らめた那劮が小さな声で「いえ」と答える。そしてまた目を伏せると、何度か唇に歯を立ててから、ようやく待ち望んだ言葉を口にしたのだ。

「あなたに、会いたくて」

その瞬間、四肢から力が抜けていくほどの安堵を覚えた。那劮に関しては、少なからず己の腑甲斐なさを痛感していたため、自覚している以上に身構えてしまっていたらしい。

放置した甲斐があったじゃねえか、とこの場に鉈弦がいたなら片目を瞑ってみせたかもしれない。天樹なら、やっとだと笑顔で親指を立てただろうか。

なんにせよ、色恋の先にあるものに気づかせたいという目論見は果たせたようだ。

いや、目論見などもはや重要ではない。

椅子から立ち上がった閻羅王は、那笏に歩み寄る。痩身が強張ったことに気づいていながら気づかないふりをし、目の前に立つと、那笏を見下ろした。

そして、この機を逃すほど善人でも痴れ者でもない、と心中で言い訳をしつつ念押しをする。

「儂の寝所に入る腹を決めたと受け取ってもよいということだな」

今日は逃がさないと言外に告げると、また那笏が震える。

いっそ強引に連れ込みたいという衝動と闘いつつ返答を待つのは、無理やり身体を奪われた過去のある那笏に、一方的な行為にはなんの意味もないと教えるためでもあった。

「儂は先に寝所で待っておる。腹が決まったら、そなたも参れ」

那笏に背を向ける。直後だ。背中に衝撃があった。

那笏が身体ごとぶつかってきたのだ。

「決まったから、来たんです」

よく見れば、那笏の髪はまだ湿っている。すでに湯浴みをすませてきたようだ。

「儂がそなたになにを強いるのか、わかっておるか?」

なおも急がず、慎重に問う。もとより、先に那箚の逃げ場を奪ってしまいたかったからにほかならない。

「先刻、鉈弦に相談して……すべて聞いてきました」

しかし、この返答は予想の範疇を超えていた。よもや那箚が鉈弦を頼るとは——誰が予測できるだろう。

「駄目ですね。現世で子をなしたとはいえ、私は恋愛の作法をなにも知りません。どうすればあなたに喜んでもらえるかも、いつどうやって誘ったらいいのかも……鉈弦に教えてもらって驚きました」

いったい鉈弦はなにを吹き込んだのか、気になってたまらない。だが、重要なのはあけすけな房事の中身を聞かされたにもかかわらず、那箚が自身で決めて居館を訪ねてきた、その事実だ。

「閻羅王もご存じのとおり、私は一度史央に汚された身です。それでも、私に触れてくださいますか?」

「——那箚」

那箚の言葉を聞いた瞬間、己の過ちに気づかされる。

どうやら自分は那箚をまだ理解していなかったらしい。那箚は、考えていたよりもずっと心根が強く、純粋だった。

小賢(こざか)しい真似をした自身の愚かさには嫌気が差す。

「はい」

那笏の腕を摑み、ぐいと引いた。そのまま痩身を抱え上げた閻羅王は、即座に寝所へ場を移した。

「次からは鉈弦ではなく、儂に直接聞くがよい。儂とそなたの秘め事に、たとえ口先だけのこととはいえ他者が入り込むのは我慢がならぬ」

「――はい」

天蓋の垂れ絹を掻き分け、寝台に那笏の身を横たえる。

「どうやらまだ儂の知らないそなたがいるようだ」

その言葉とともに顔を近づけると、

「儂にすべて見せよ」

微かに震えている唇が「はい」と紡ぐのを待ってから口づけ、那笏の長衣の前をくつろげていった。

恥ずかしくてたまらない。できることならいますぐ閻羅王の下から抜け出し、寝所を立ち去りたかった。

だが、そうしては、意を決して居館まで押しかけた意味がなくなる。

無礼と承知でどうしても閻羅王に会いたかった理由はひとつ。現在のままの関係でいるのが不安になったからだ。

互いの気持ちを確認した以上、時間をかけて心を通わせていった後にそういう行為に至るかもしれないと思い、緊張と多少の期待を抱いた。なにしろ色恋には疎く、経験もないため少しずつ、と悠長に考えていたのだ。

しかし、すぐに自分の間違いを悟った。

――ガキ同士じゃあるまいし、惚(ほ)れてるなら出し惜しみせずにやることとやれよ。閻羅王が他の誰かに目移りしてもいいのか？

鉈弦が言うには、無自覚のうちに「出し惜しみ」をしていたらしい。

そんな気はなかった。ただ知らなかっただけだ、なんて通用しない。あとから悔やむなんて二度とごめんだ。

閻羅王ならばいくらでも相手はいる。

他の誰かに奪われることを想像しただけで居ても立ってもいられなくなり、気がついたらその場で鉈弦に助言を求めて、衝動的に閻羅王の居館の前まで来てしまった。

「集中できぬのか？」

すぐ傍で問われ、那笏はふるふるとかぶりを振る。

「いえ……ただ」

恥ずかしくて、と小さく訴える。閻羅王が見たこともない表情で双眸を細めたため、どきりと心臓が跳ね、よけいに恥ずかしくなった。

「構わぬ。いくらでも恥ずかしがるがよい」

囁くような口調に、身体の震えが止まらない。自分もなにかしなければと焦れば焦るほど動けなくなり、閻羅王にされるがままになってしまう。

これでは助言を受けた意味がないというのに。

だが、長衣の前をはだけられ、閻羅王の手が胸元に置かれただけで、逃げ出したい衝動に駆られるのはどうしようもなかった。

実際は逃げるどころか、身動ぎすることもできない。

「――那笏」

閻羅王に見つめられ、名前を呼ばれて、頭の中がぼうっとしてくる。普段は厭になるほど働いている思考が、いまはまるで役に立たない。

閻羅王の舌が、上唇をすくってきた。促されるまま唇を解くと、褒めそやすようなやわらかな口づけを与えられた。

「え……ら、おう」

うっとりとしつつ名前を呼んだ途端、口づけが深くなる。口中に入ってきた舌の動きに翻弄される。

隅々まで探られ、舌を絡められ、唾液(だえき)の音が立つほど激しくされて脳天まで甘い痺(しび)れが駆け上がった。

きっと自分はいま呆(ほう)けた顔をしているにちがいない。なにも考えられずに、閻羅王の舌に応えるだけに必死になっているのだ。

「ふ……んっ……ぅ」

うなじがざわざわする。身体じゅうが熱くなり、自然に身を捩らせていた。

密着したまま長く、深い口づけに夢中になっていると、勝手に腰が跳ね上がった。胸を刺激されたからだと気づいたところで、自分にできることはない。

「あ……そこ、触……ないでくださ……い」

切れ切れに訴えても、閻羅王はなぜか胸の尖りに執心する。

「聞けぬな」

指の腹で押し潰し、捏(こ)ね回したあげく、口づけを解いたかと思うとそこに吸いついたのだ。

「あぁ……や」

指でも十分すぎるほど感じたが、唇はそれ以上だ。舌先で転がされ、吸いつかれていやらしい声が止められなくなる。

まさか自分がこれほど恥ずかしい声を発し、閻羅王に聞かせるなど考えもしなかった。

「あ、あ……ぅ」

羞恥心で、全身に汗が浮く。やめてほしいと思う気持ちは本当なのに、どうしても閻羅王を押し返せない。

それどころか、いつの間にか閻羅王の豊かな髪に両手を差し入れ、引き寄せる動きまでしてしまう。

「や、あ、そんな……」

知らず識らず摺り合わせていた大腿を、大きな手が撫でていった。どこもかしこも過敏になっていた肌には大きな呼び水となり、まだ触れられていない中心が切なく疼きだすのをはっきりと感じていた。

「閻羅……お……あぁ、んっ」

やがて喘ぎ声に、ねだる色合いが混じり始める。触ってほしいという気持ちが、名前を呼ぶ声に如実に表れる。

こんな声、閻羅王に聞かせたくない。呆れられたくない。

その一心で自分の口を塞ごうとしたものの、

「ならぬ」

閻羅王に止められるせいで、どんなに恥ずかしくてもすべてあらわにするしかない。

「あ……」

ようやく、待ちかねた場所へ長い指が絡む。二、三度擦られただけで、そこから蕩けそうなほどの愉悦が湧き上がってきて、いよいよ追い詰められる。

閻羅王の指の動きに合わせて自分で腰を揺らめかせてしまい、嬌態をさらしていると思うと、どういうわけかいっそう昂揚するのだ。

「も、駄目、です」

ふるふると髪を乱し、閻羅王に訴える。

「これくらいで音を上げてもらっては困るのだが――堪えられぬか？」

閻羅王は……こんな声だったろうか。まるで蜜でも含んだかのように甘く、とろりと鼓膜を蕩かせる。

「は、い。堪えられ、ません……」

両手を持ち上げた那笏は、涙のせいで潤んで見える閻羅王の肩へしがみついた。

「あぁ」

答えを待たずに吐精する。その快感は言葉では尽くしがたいほどで、自分でも気づかないうちに涙をこぼしていた。

「す、みません……私ばかり……こんな」

絶頂の余韻に震えつつ謝罪する。達しておきながら少しも頭も身体も冷えない自分に戸惑うが、それを悟られたくなくて、なんとか閻羅王に悦んでもらうために手を伸ばす。

しかし、目的を果たす前に両手を寝台に押さえつけられていた。

「いまは儂の好きにさせよ。七千年も待ったのだ。この程度の褒美ではとても足りぬ」

「閻……っ」

名前を口にしたかったけれど、言葉にならなかった。寝台に俯せにされたかと思うと、狭間にとろりとした液体、香油が垂らされたせいだ。

閻羅王の意図は理解しているし、知識としてはあっても、反射的に身体が逃げる。けれど、閻羅王は周到で、耳元に唇を触れさせ、甘ったるい声を聞かせてくるのだ。

「今日は逃がさぬ」

那笏と呼んで。

「あ……」

指に入り口を撫でられる。初めて経験する感覚に、短い呼吸をくり返しながら懸命に耐える。

指はそのうち内側まで入ってきて、浅い場所まで香油を塗りつけられた。

「そなたの中は、熱いな」

そう言われるが、閻羅王の指のほうがよほど熱く感じる。軽く抽挿されるとそこから濡れた音までしてきて、閻羅王に探られている場所がなおさら熱くなっていった。

花の匂いを放つ香油と閻羅王の熱に浮かされ、酔ってしまう。

「ふ……うぅ……」

そのうち、ふたたび中心が疼いていることに気づく。触れられてもいないのに、また勃ち上がっているのだ。

信じられない思いで我慢していた那笏だったが、体内の奥深くまで挿ってきた指に内壁を擦られ始めると、自制心など泡のごとく消えていった。

「え……らお……えん……あ、あ……」

意思とは関係なく、腰が揺れる。そうすると閻羅王の指が体内のどこかを掠め、未知の感覚に襲われた。

「あ。だめ……っ」

いったいなにが起こったのか、自分の身体にもかかわらず混乱する。だが、閻羅王は止めるつもりはないようだ。

体内を厭というほど指で探られ、やがて声も嗄れる。なにがなんだかわからないまま、下半身は香油と自身の吐き出したものでひどい有り様だった。

「あ」

やっと指が去り、四肢から力を抜く。しかし、これで終わったわけではなく、閻羅王に片脚を抱え上げられた。

再度身を固くしようとしたものの、いったん緩んだあとではうまくいかない。大きく脚を割られてあられもない格好を強いられても、恥じらうだけで精一杯だった。

「儂だけを見ているがいい」

その一言で、入り口に熱が押し当てられた。

ああ、自分の中に閻羅王が挿ってくる。そう思った途端、自身の身体が歓喜して迎え入れようとするのをまざまざと感じた。

「ぅう、うぁ」

圧倒的な存在に貫かれる苦痛すらも、快楽に繋がるのだ。

たどたどしい口調で閻羅王の名前を何度もくり返しながら、ゆっくり、時間をかけて奥へと進んでくる熱に、自然に涙があふれ出す。

最奥で熱と脈動を感じ、優しい手に髪を撫でられたときには、ぐずぐずと子どもみたいにすすり泣いていた。

「す、み、せん……なにもでき、なくて……私は……」

もう自分がなにを口走っているのかよくわからない。頭がくらくらしているせいで、口が勝手に動いているかのようだ。

「謝るでない」

びっしょりと濡れた頬を指で拭ってくれたあと、閻羅王はほほ笑み、普段とはちがう少し掠れた声で耳元に直接囁きかけてきた。

「そなたはなにも汚れてはおらぬ。聡明で美しい、儂の那笏のままよ」

「……閻、羅王」

「口下手(くちべた)なそなたに代わって、儂が千の愛を告げよう。そなたは、たまに素直になってくれればそれでよい」

なんて甘い言葉だ。これ以上の愛の言葉はない。

自分では「はい」と答えたつもりだったが、泣き声になっただろう。それでも閻羅王にはちゃんと伝わったはずだ。

自分がどれほど想っているか。溺(おぼ)れているか。愛(いと)しいひとの肌や匂い、体温はこんなにも心を満たすものだったのだ。

同時に、身体を重ねることの意味も知る。

相手がいかに特別であるかをお互い確認し、伝え合う行為だと。

「那笏。儂は、そなたが愛おしい。そなたをこの手に抱くことをどれだけ願っていたか、これからじっくり味わうがよい」

「う、ぁ……あぁ」

悦びが身体の隅々まで広がっていった。

閻羅王の言ったとおり口下手な自分は言葉ではうまく紡げなかったぶん、身体じゅう、すべてで愛を返す。そして、自分だけに許された愛しいひとの腕の中で、与えられる快楽に酔い痴れた。

閻羅王と自分。ふたり。心ゆくまで。

夢心地のまま瞼を持ち上げると、最初に目に入ってきたのは閻羅王の精悍な顔だった。

「……あ、眠ってしまいましたか」

寝顔を見られたばつの悪さをごまかしたくて、寝台から勢いよく身を起こす。身体に残る情交の痕に頬を熱くした那笏は、ふと、自身の足首の違和感に気づき、上掛けを捲って確認してみた。

「これは……」

隣であくびをした閻羅王は、平然とした様子で頬に口づけてくる。その後寝台を下りると、夜着を肩に羽織ってから、両手で髪を掻き上げた。

「湯浴みをしてくる。そなたは――」

閻羅王の視線が、上掛けから覗いている足首へと流される。反応はそれだけだ。

あっさり寝所を出ていこうとする背中を、那笏は慌てて引き留めた。

「待ってください。あの、これはどういうことですか？」

自身の足首を指さし、問う。なぜなら足首には枷がはまっていて、寝台の脚に繋がれているのだ。

鎖の長さは五、六尺ほどあるだろうか。

「そなたは、儂があとで身体を拭いてやろう。安心するといい」

「……ではなくて」

自分が聞きたいのは、なぜこんなことになっているか、だ。足枷などつけられていては、閻魔の庁に出向き、任を果たすことができない。

「困ります。これでは務めに支障が出ます」

膨大な量の、とつけ加える。

閻羅王は動じなかった。

「七千年も放棄してきて、いまさら数日を惜しんだところでしょうがあるまい」

確かにそのとおりだ。

しかし、だからと言ってなぜ足枷という発想になるのか、理解しかねる。

「まさか、私への仕置き――？」

試練のあとの罰とでもいうのか。心当たりはいくらでもあるため、それがもっとも現実味がある。

「仕置きか。まあ、それでもよいが」

片方の眉を吊り上げた閻羅王は、つかの間思案のそぶりを見せていたが、ぽんと手を打った。

「『放置プレイ』ならぬ『監禁プレイ』ぞ。そのほうが仕置きよりも色気がある」

「か……っ」

どうせよからぬ言葉を閻羅王に吹き込んだのは、鉈弦に決まっている。自分に対してならまだしも、閻羅王にまで……無礼な男の顔を頭に浮かべた那筠は、腹立たしさから顔をしかめた。

だが、すかさず鼻先に触れてきた閻羅王の指先に、いくらも保たない。

「儂の気がすむまで、数日のこととあきらめよ。儂は欲張りゆえ、褒美が足りぬのでな」

やわらかなまなざしでそう明言されて、どうして不機嫌のままでいられるだろう。口を閉じるしかなかった自分にできるのは、右手を上げて寝室を出ていく閻羅王の背中を見送ることだけだった。

いつのときも頼もしい背中を。

「あなたって方は」

いま一度足枷に目を落とした那筠は、寝台に横になる。

少し前の自分ならば焦って、閻羅王の名を呼んだだろう。お願いだから外してくださいと懇願したかもしれない。

だが、いまは少しも困っていないことをちゃんと自覚している。正直になれば、少しばかり心が弾んでもいた。

閻羅王が寝所に戻ってきたときは、なんと言おう。

「これが褒美になるのでしょうか」いや、それではあまりに可愛げがない。閻羅王はどう答えれば満足してくれるだろう。

あれこれ考えているうちに、寝所に戻ってくる微かな足音が聞こえてくる。まださわしい言葉は思い浮かんでいないものの、那勿は速くなった鼓動を意識しながら扉が開くのを待った。

結

「那笏！」

閻魔の庁へ到着するや否や、天樹が駆け寄ってくる。その後ろには、玻琉も遙帳もいて、何事かと那笏は首を傾げた。

「なにかあったのですか？」

休んでいる間に、異変でも起きたか。そう思って問うたのだが、やめておくべきだった。

「あった！　那笏がずっと来ないから、もしかしてこのまま閻羅王に囲われちゃうんじゃないかって心配してたんだよ」

真剣な表情で訴えてくる天樹に、かあっと頬が熱くなる。

体調を崩した、もしくは別の仕事のため等いくらでも休む理由はつけられるはずなのに、閻羅王はそうせず、事実をみなに伝えたようだ。

玻琉と遙帳まで気まずそうに苦笑いを浮かべたところをみると、冥官にまで知れ渡ってしまっていると考えたほうがいいだろう。

「……それは、その、す……ません」

羞恥心から謝罪の声が小さくなる。いますぐにでも閻羅王のもとへいって、抗議しないことには気がおさまりそうになかった。

即座に実行するつもりでいた那笏だが、遙帳の一言にはっとする。

「それはそうと、そなたの孫の件はうまく片がついてよかったな」

伊織と春雷の沙汰に関しては、あえて閻羅王に問わずにいる。やはり不安があるし、閻羅王からも特に言葉はなかった。

伊織はどうなったのか。目先のことに囚われがちな自分とは異なり、閻羅王はずっと思慮深く、先の先まで見通していると知ってはいてもやはり鳩尾（みぞおち）がしくしくと痛みだす。

うまくとは、どういう意味なのか。無事という意味か。

まさか春雷とともに地獄へ？

「え、那笏、閻羅王からなにも聞かされてないの？　ふたり揃ってあっちに戻ったよ」

天樹が意外そうに目を丸くする。

「……そう、でしたか」

安堵で全身から力が抜けていきそうになった。

伊織については、春雷と離れずふたり揃って地獄行きか、あるいは恩赦で現世へ戻れるかのどちらかだと思っていた。後者ならどんなにいいかと、心から願っていたのだ。

どうやらその願いは叶（かな）ったらしい。

「那笏。ちょっと一緒に来て」

天樹の誘いに頷き、伊織が無事に現世に戻れた、その事実に喜びを噛み締めながらあとをついていく。

向かった先は、閻魔の庁内の一室だ。

「ここ」

扉の前まで来ると、天樹がこちらを振り返った。

天樹の頬は紅潮している。いや、天樹のみならず、めずらしく玻琉までそわそわと落ち着きがない。

いったいどうしたのかと怪訝に思っていると。

「さあ、入って入って」

天樹に背中を押されて、那笏は戸惑いつつ扉を開けた。次の瞬間、目に飛び込んできた光景に言葉を失い、立ち尽くす。

「いくらなんでも人使いが荒すぎないか？　せっかくおまえといちゃいちゃしてたのに、これじゃブラックもいいところだ。つかさ、なんの断りもなくいきなり他人ん家の池を地獄への入り口にするとかどうなんだよ。これ、訴えたら勝てるよな」

ぶつぶつと不満を漏らしつつパソコンに向かい、キーボードを叩いているのは——まぎれもなく伊織だ。右目が義眼であることを除けば、いたって健康そのものに見える。

「どこに訴えるつもりだ」

伊織の傍には、春雷もいる。ため息をつく春雷の役目は伊織の守護、そして宥めてはっぱをかけることのようだ。

「取引した以上、仕方がないだろう。口ではなく手を動かしてさっさと終わらせれば、そのぶん早く帰れるのだぞ」

でも……ふたりは現世に戻ったのではないのか。また冥府に来るような過ちを犯したとでもいうのか。

「どうして」

釈然としないまま、思わずそうこぼしたときだ。パソコンから顔を上げた伊織と視線が合った。

いっそう動揺した那awaは半ば無意識のうちに「伊織」と名前を呼んでしまう。

笑みを浮かべた伊織は、愚痴を聞かれた気まずさからか頭を掻き、会釈をしてきた。

「閻羅王さんの部下の方ですか？　お邪魔してます。俺が池端伊織で、こっちがたまです。閻羅王の命令で、死者の名簿を作成しにきました」

あっけらかんとした自己紹介に面食らったものの、そういうことかと合点がいった。なんの条件もなく伊織たちが解放されるはずがない。そんなことをしては、他の沙汰にも悪影響を及ぼす。

それゆえの取引。死者の名簿作成なのだ。

あらためて閻羅王に感謝の念を抱きながら、那笏は目礼した。

「——那笏と、申します」

いまの自分は年寄りの姿ではないため、祖父の颯介と気づかないだろう。そう思いつつも、緊張でからからに乾いた唇を舐めて湿らせる。

「名簿の作成を任されたのなら、今後もここへ通うということでしょうか」

「そうなんですよ。たまとふたりで現世に戻してやる代わりだっていうんだから、もちろん謹んでお受けしましたけど、こっちの都合、完全無視で呼びつけられてます」

「……お疲れ様です」

ならば、今後も会えるということだ。

真っ先に頭に浮かんだ考えに、頬が熱くなる。自分は清貴や伊織に合わせる顔がないと口では言いつつ、浅ましくも嬉しく思ってしまった。

「それにしても」

じっとこちらを凝視してきた伊織が、ふっと頬を緩める。

「他の方が言っていたとおりの方で、ちょっとびっくりしてます」

天樹や玻琉が、自分についてなにか伊織に話したのだろう。きっと大げさに褒めてくれたに決まっている。

「……言っていた、とおりとは?」

知りたいような知りたくないような複雑な心地で問う。だが、聞かなければよかったとすぐに後悔した。

「雰囲気のある美人だって。たおやかで、色気があって、賢いひとだってみんな言ってました。ああ、色気の部分は閻羅王ですけど」

「……え」

みなの言い分も十分恥ずかしいが、なによりも問題は閻羅王だ。あのひとは、孫になんてことを言うのか。伊織の顔がまともに見られなくなる。

「本人に会って、幻滅されたでしょう」

睫毛を伏せた那笏に、伊織は言葉を繋げていった。

「ぜんぜん。それに、こんなこと口にしていいのかどうかわからないんですが、那笏さんって、俺の叔父(おじ)さんにちょっと似てます。雰囲気とか話し方とか。だから俺、いま、なんだか勝手に親しみ感じちゃってるんですよ」

「――――」

その瞬間、胸に満ちた感覚をどう表現していいのか判然としない。こみ上げてくるさざ波のごとき情動に、呼吸すらままならなくなる。

胸に手をやった那笏はどうしようもなくなり、目礼すると踵(きびす)を返した。

「……私は」

部屋の外へ飛び出してから何度か深呼吸をしてみたものの、気は昂ったままだ。それどころかいっそう強くなり、反射的に顔を両手で覆った。

脳裏では、池端颯介としての記憶が一気に再現される。

両親とはぎくしゃくしていて、十五歳で家を出た。

無味乾燥とした結婚生活。笑い方すら知らない父親の足に無邪気にじゃれついていた子どもたち。

ろくに家族と向き合わなかった自分など本来、早々に捨てられるべきだった。息子(むすこ)が特殊な力を持っていると知ったときですら、なにもできずに背中を向けた愚かな父親なのに、清貴はけっして駄目な自分を邪険に扱わなかった。ちゃんと通知表や数々の賞状を卓袱台(ちゃぶだい)に置いていくような子だった。

褒めも叱りもしない父親とわかっているのに。

伊織もそうだ。

優しい伊織は、笑ってはぐらかすことが周囲のためと早くに察し、いつもことさら明るく振る舞っていた。

——お父さん。

——祖父ちゃん。

耳に残ったふたりの声が明瞭に再現される。いい子ども、いい孫に恵まれたのだといまさらのように実感しながら。

清貴に似ていると伊織に言われたことが、こんなにも嬉しい。自分にはそんな資格はないとわかっていながら、感情を抑えられない。

「こういうときは、嬉しいって言って、泣いていいと思う」

天樹が、励ますようにぽんと背中を叩いてきた。

「……でも」

「僕たちの前くらい、格好つけなくていいじゃん」

さらにはそんなふうに言ってくれたので、とうとう堪えられなくなった。

「私……喜んでもいいんでしょうか」

両手を顔から離し、天樹に問う。

笑顔で頷く様を目にした途端、ぼろりと涙がこぼれ落ちた。そうなると、もう自制するのは難しい。

あとからあとから、涙の雫(しずく)が頬を伝う。

「伊織に、清貴に似ていると言われて、親しみが湧くと言われて……すごく、嬉しい」

肩にのった手のあたたかみが心強くて、泣きながら正直な気持ちを吐露する。池端颯介としての人生は偽りだらけで、間違いだったと思ってきたけれど、唯一、誇れるものがあったといまやっと気がついた。

「私は……ばかですね。一番大事なものはちゃんとそこにあったのに」

まともに向き合わなかったせいで、見過ごしてきた。孫にそれを教えられるなんて、これほど愚かで、幸運な祖父はいない。

「ありがとうございます。もう大丈夫です」

大きく息をつき、頬を袖で拭うと視線を上げる。

「え」

目の前に、予想だにしていなかったひとの姿を見つけ、那笏は目を瞬かせた。

それも当然だろう。さっきまで傍にいた玻琉や天樹、遙帳はおらず、閻羅王がいるのだから。

肩に置かれているあたたかな手も、閻羅王のものだった。

「名乗らなくてよいのか」

閻羅王の問いかけには、驚きを引き摺ったままかぶりを振る。

「いい、です。会えるだけで……あの、ありがとうございます」

条件付きで伊織と春雷を現世に戻すという沙汰は、ひとえに閻羅王の恩情だ。こうべを垂れると、閻羅王が胸を張った。

「惚れ直したか？」

だが、まさかこんな言葉が返ってくるとは。

躊躇っていると、もう一度同じ質問が重ねられる。

「惚れ直したであろう?」

今度は少しちがう言い方で。

返答は決まっていた。

「はい。これ以上ないほどに」

念押しされるまでもない。閻羅王への敬意と情愛は、自分でも戸惑うほど日々募っていく一方なのだ。

「そうか。ならば、儂の聞き間違いであるな。そなたが、別の男のことを一番大事だと申したような気がしたが」

「……え。あ、あれは……」

身内に対する愛情であって、閻羅王へのものとはまるでちがう。そう言いたかったのに、目の前の閻羅王は臍を曲げてしまったのか、唇をへの字にする。

「ですから、清貴と伊織は別で……」

しどろもどろの言い訳にふんと鼻を鳴らしたか思うと、肩にのっていた手を滑らせて腰へと移動させてから横目を流してきた。

「まあよい。そなたにはまだ儂の想いが伝わっておらぬようだから、今宵にでもじっくり教え込むとしよう」

「……………」

腰を抱かれた状態で、遠慮いたします、の一言が言葉にならない。理由は自分が誰よりわかっている。

長い長い人生で初めてのときめきを、いま、味わっているせいだ。

「異論は？」

自分はなんて恵まれているのだろう。

大事な家族。そして、閻羅王の傍にいられる幸福。

胸にこみ上げてくる熱い想いを噛み締めつつ、大きな手に自身の手を重ねる。

「――ありません」

ぎゅっと力を込めて握られて、まるで天空を飛んでいるかのごとくふわふわとした心地になった。

「あなたを、心からお慕いしています」

自然に言葉が唇からこぼれ出る。嘘偽りのない本心だ。おそらくこの先もずっと自分は閻羅王を慕い続けるのだろう。

何十年、何百年、何千年たとうとこの気持ちは変わらない。

「那笏」

閻羅王の手が離れる。名残惜しく感じたのもつかの間、今度は正面からその手が背中に回り、引き寄せられた。

吐息がかかりそうほど顔を寄せられて、身を固くしたのは一瞬だ。

「儂も、そなたを愛おしく思っておる」

耳元で熱く囁かれて、どうして周囲など気にしていられるだろう。那笏は自ら、逞しい肩口に頰を寄せた。

「はい」

だが、陶然と浸っていられたのは短い間だった。咳払いが割り込んでくる。

とろりとした意識のままそちらへ視線を向けると、壁に凭れた鉈弦が、これみよがしにため息をついてみせた。

「ふたりの世界に浸りたいなら、あとにしてくれねえかな。俺に用があるから、呼んだんだよな」

呆れを含んだ半眼を流され、我に返った那笏は閻羅王から離れる。その場を立ち去るつもりだったけれど、この後の閻羅王の一言に足を止めた。

「どうやら現世で暴れている悪鬼(あっき)がいるらしい。おまえが行って、一掃してくるがよい」

悪鬼退治とくれば、確かに鉈弦が適任だ。しかし、現世となるとそう簡単な話ではなかった。

鉈弦が現世でなにをしでかすか、そのほうが心配になる。いったん暴れ出すと、鉈弦を制御するのは難しい。

万が一、現世の人間を殺めてしまうようなことでもあれば一大事だ。

そもそも鉈弦を地獄に送ったのも、現世にはとても置いておけなかったからだった。

「ああ？　面倒くせえな」

上唇を捲り、発達した犬歯を舌先で扱く様を見せられては、なおさら不安になる。

だが、閻羅王の話はこれで終わりではなかった。

「向こうでは、人間とともに行動してもらう。ようはお目付役だ」

「…………」

ちらりと一度、閻羅王の目が自分を捉えた。その瞬間、那笏はお目付役が誰のことなのか理解した。

「いま篁を迎えにやっているから、じきにこちらに着くであろう」

いや、勘違いかもしれない。勘違いであってほしい。鉈弦が断固拒否してくれることを祈ったが、そううまくはいかなかった。

「誰だよ。その、お目付役ってのは？」

鉈弦は、面倒そうに首の後ろを掻いていた手を止める。吊り上がった口角に、人間のお目付役への好奇心が如実に表れていた。

「池端清貴だ」

閻羅王の口から明言され、やはりかと閻羅王の胸に置いた手をぎゅっと握り締めた。

「解放した者にしか、そなたは制御できぬ」

つけ加えられた一言は、鉈弦にというより自分への説明だろう。那笏にしても、どうしようもないことであるのは承知していた。

一度暴れると鉈弦は手がつけられなくなる。閻羅王ですら、止めるには苦労するほどだ。

そんな荒くれ者の鉈弦を制することができるのはただひとり、大鉈から鉈弦を解き放った者——つまり清貴だ。

「は？　俺を自由にしたのって颯介じゃねえの？　おい、颯介。おまえ、俺を騙したのか？　それともおっさん、あんたのほうか。つか、清貴って颯介の息子かよ。息子が俺の封印を解いたって？」

鼻に皺を寄せ、威嚇しつつこちらへ大股で歩み寄ってきた鉈弦の怒りはもっともだ。記憶を消されている状態で嘘をつかれていたと知れば誰でも不快になるし、ましてや自身の根幹に関わることなら当然の反応だろう。

だが、こちらにも言い分はある。

閻羅王があえて嘘を吹き込んだのは、鉈弦の目を清貴からそらせるためだったのだ。ようするに、それほど鉈弦が危険だという証明にほかならない。

「俺は颯介に話があるんだ」

ぐるると喉まで鳴らして鉈弦は脅してくるが、現実問題、それどころではなかった。伊織の件が片づいた途端に、今度は清貴。

きりきりとまた鳩尾が痛みだし、目眩までしてくる。

「儂の許しなく、那笏に近づけると思うな」

「だったら許可してくれよ」

「断る」

頭上で交わされる会話にいっそう不安が募り、閻羅王の法衣にしがみつく。そうしないとその場にしゃがみ込んでしまいそうになったためだが、閻羅王はどうやら誤解したらしい。

「見よ。そなたのせいで那笏が怖がっておる。用はすんだ。さっさと去れ」

餓鬼でも追いやるかのごとく手を払う。

「あっさり退けるか。こっちは騙されたんだぞ？　なんで嘘つきやがった」

言葉どおり、鉈弦は白黒はっきりしなければ一歩も退かない様子だ。

こうなった以上しようがない。那笏は口を開いた。

「おまえがそういう男だからです。おまえのような男が息子と関わるのを黙って見過ごす親がいると思いますか」

案の定、鉈弦の額に青筋が浮く。

「颯介、てめえ。おっさんに守られてるからっていい気になんじゃねえぞっ」

噛みつく勢いで怒鳴られるが、少しも怖くない。怖いのは、清貴に会った鉈弦が横暴な態度をとるのではないか、そのことだけだった。

「鉈弦。いいかげんにせぬか」

閻羅王がぴしゃりと叱ったのと、向こうから玻琉の姿が現れたのはほぼ同時だった。

「清貴さんが到着しました」

その一言は、自分には閻羅王が用いる木槌（ガベル）の音さながらに聞こえたが、鉈弦には——鬼ごっこ開始の合図にでも思えたのかもしれない。

途端にこちらへの興味を失ったのが、手に取るようにわかった。

「いま行く」

そう言うと、あれほど苛立っていたのが嘘のようにあっさり離れていく。最後に見えた双眸の輝きは獲物を追い詰めたときのそれと似ていて、肌がざっと粟立（あわだ）った。

「案ずる必要はない」

目を細めた閻羅王が、ぎゅっと手を握ってくる。

「清貴も伊織も並の人間ではない。儂が保証する」

これほど心強いことがあるだろうか。なにしろ冥府の王、閻羅王のお墨付きだ。

「儂の言うことならば、信じるであろう?」

「はい」

迷わず答える。

閻羅王の言ったとおり、清貴も伊織も自分などよりずっとうまくやっていくだろう。逞しく生きていくふたりの姿を想像すると、自然に目を細めていた。

「あのー、そろそろ僕らの存在を気にかけてくれませんか」

天樹が、離れた場所で両手を振ってくる。天樹だけではない。玻琉、そして遙帳までもが顔を揃えていた。

肩をすくめた閻羅王が苦笑いとともに手招きをすると、三人はすぐさま駆け寄ってくる。

「僕も手繋いじゃお」

天樹はそう言うと閻羅王に摑まれていないほうの手を繋いできて、もう一方を玻琉に差し出した。

玻琉、そして遙帳。五人の輪ができる。

「鉈弦がいたら五部衆勢揃いなんだけど。まあ、それはさておき、なんだか愉しいね」

天樹の言葉に玻琉と遙帳が同調すると、こちらへ期待のまなざしを投げかけてきた。

「そうですね。私も、愉しいです」

素直な返答をした那笏は、せっかく落ち着いたはずの胸にふたたび熱いものがこみ上げてくるのを感じていた。

これまで泣いたことなどなかったというのに、どうやら涙腺(るいせん)がおかしくなったのか、それとも心のありようなのか。

「儂もだ」

閻羅王までそんなふうに言ったものだから、せっかく堪えようとしていた感情をどうしても抑えられなくなり、泣く代わりに笑ってみた。

「あ。那笏がいま笑った。すっごい可愛かった！」

目聡（めざと）い天樹が声を上げると、

「なんと」

すぐさま反応したのは閻羅王だ。

「もう一度笑え。儂にも見せよ」

見せろと言われればむしょうに恥ずかしくなって仏頂面になってしまうのは致し方ない。

さらにはみなが冗談を口にしてみたり、おかしな顔を作ってみたりして、なぜか自分を笑わせようと躍起になったので、なおさらだった。

だが、それもしばしの間だ。最初こそそっけない態度をとっていた那笏だったが、根負けして、とうとう吹き出してしまった。

「やった〜」

天樹が手を叩く。

「笑っていたほうがいい」

と、これは遙帳。

「やっと笑ってくれましたか」

達成感のこもった一言を発したのは玻琉で、最後に閻羅王が全員の顔を見渡して、誇らしげな表情をして唇を左右に引いた。

「よい朋友(ほうゆう)――同志であるな。儂は鼻が高いぞ」

閻羅王の言葉を噛み締める。

そして、ああそうか、と認識した。

どうやら自分はみなのいるこの場所が、冥府が好きらしい。なにより閻羅王が、ここにはいる。

そっと閻羅王の手に自身の手を触れさせると、応えてくれる力強い手。その手のぬくもりを感じつつ、ずっと無縁だと思ってきた、幸福という言葉が頭に浮かぶ。

きっと幸福とはこういうものを言うのだろう。小さな宝箱をそっと開けて眺めるような、そんなささやかな喜びを。

その証拠に、いつしかまた笑みがこぼれる。

冥府の住人であり、五部衆の一員である自身が誇らしく、愛おしく感じた瞬間でもあった。

誓いは甘き褥にて

この世には、白黒つけられない曖昧なもののなんと多いことか、と目の前の男を眺めつつ那笏はつくづく実感する。

現世でも冥府でも鉈弦のイメージは粗野、乱暴、荒くれ。閻羅王ですら手を焼く、根っからの無法者。

おそらくそれは自分のみならず冥官から獄卒、罪人に至るまで異論を述べる者は誰もいないだろう。

現に立て膝でざんばらの髪を掻く仕種や発達した犬歯で唇を扱く様子には、彼の気性の荒さが表れている。

現世ではとても扱い切れないと、冥府へ送る算段をつけたとき、これで清貴を守ることができたと安堵したのは事実だし、実際、二十年もの間わずかの接点もなく過ごしてきたのだ。危険とは無縁のまま残りの人生を穏やかに送ってほしいと願うのは、たとえ愚かな父親であろうと至極当然のことだった。

しかし、そう都合よくはいかなかった。

閻羅王の命により、しばらくの間清貴と鉈弦は現世で行動をともにした。

それからだ。単に乱暴者だった鉈弦にわずかな変化があったのは。

たとえば――。

「なにじっと見てんだよ。まさか、俺に惚れたっていうんじゃねえだろうな。悪いが、俺のことはあきらめろ。俺が他の奴とねんごろにでもなっちまったら、清貴が悲しむ」

これだ。

以前の鉈弦なら、こんな考えにはけっして至らなかっただろう。己の本能を優先し、他人を貶めることなどなんとも思わない、まさに地獄の荒鉈にふさわしい男だったのだ。

そんな男の口から、他人を気遣う言葉が発せられるなど、天変地異にも等しい大事だと言っても過言ではない。

「私がおまえに惚れることは未来永劫ないので、安心してください」

これだけは断言できるため、一片の迷いもなく返す。

すると鉈弦が、不本意そうに口許を歪めた。

「は？　わかんねえだろ。おまえの息子の清貴は俺にベタ惚れなんだ。同じ血が流れてんだから、おまえがその気にならねえとも限らねえ」

図々しい物言いには、知らず識らず眉根が寄る。

なにがベタ惚れだ。ふたりが恋人同士になったという話はまだ信じていないし、仮にそうだとしても、大方鉈弦の強引さにほとほと疲れた清貴が折れたに決まっている。

「清貴は、気の優しい子ですから」

どうやらこちらの考えは正確に伝わったらしい。

はん、と鼻を鳴らした鉈弦が、意味深長な半眼を流してきた。

「いくら優しかろうと、清貴が惚れてもない男と寝るか？　あれのときの清貴は、俺にしがみついて離してくれなくてよ。エロいわ、可愛いわで――」

「鉈弦！」

反射的に両手で耳を押さえる。家族の性的な話を聞きたい親などどこの世界にいるというのだ。

デリカシーの欠片もない男を睨みつけたが、当人はなにを思い出したのか、にやにやと頬を緩める。

「い……いいかげんにしなさいっ。そもそもなんの用事で執務室に来たのですか。私は忙しいんです。邪魔をするなら出ていってください」

唐突にやってきた鉈弦を怪訝に思ったものの、ちょうど休憩中だったため、つい相手にしたのが間違いだった。

清貴と親しくしているなら、あちらへ行って少しは慎みを学んだかと一瞬でも考えた自分が愚かに思えるほどだ。

いや、他人の執務室におしかけて、勝手に菓子を食べ始めている時点で、慎みとは無縁だと察するには十分だろう。

「ああ」

銃弦が、ぱちんと指を鳴らした。

「用ならある。っていうか、颯介、おまえ、俺にそんな口聞いていいのか？　せっかく好意で一緒に鏡を覗かせてやろうと思ったのによ」

「………………」

よもやの誘いに、息を呑む。鏡とは当然、浄玻璃の鏡のことで、覗く先は現世、おそらく清貴だ。

銃弦の心情はわからないでもない。任の間、ともに過ごした銃弦が清貴に執着するのは、目に見えていた。

現世では一カ月に一度、こちらでは八年に一度、逢瀬を許可されている現状では、浄玻璃の鏡を頼りたくなるのもごく普通の感情だろう。

自分にしても、平静ではいられない。

閻羅王に隠れて規則違反を犯すなど、もってのほかだ。目に余ると判断されれば忽ち雷が落とされるに決まっている。

それを重々承知していながら、見たいという気持ちがこみ上げるのだ。

時折こちらへやってくる伊織と会えるだけでもありがたいと思っているのに、なんと己の欲深いことか。

清貴の姿をも望んでしまっている。

「……規則に、反します」

無論、上辺だけの忠告など鉈弦には通用しない。

「あー、そう。なら、いいわ。こっちはおまえが見たいかと思って、親切心で誘ってやったのによ。じゃ、せいぜい務めに励んでくれ」

回れ右をしたかと思うと、右手を上げてあっさり出ていこうとする。

「待っ、てください」

咄嗟に引き止めたのは、那笏にしてみれば致し方のないことだった。

だが、悔しいことに鉈弦は知らん顔を決め込み、さっさと行ってしまう。こうなると気もそぞろになり、懸命に堪えていたのだが——それもほんの短い間だった。

手にしていた茶を置くや否や、すっくと椅子から立ち上がる。居ても立ってもいられず執務室を飛び出すと、鉈弦の背中を追いかけた。

行き先はわかっている。

五部衆専用の控え室だ。きっとそこでは、鉈弦に鏡を使うよう強要された玻琉がそわそわしているにちがいなかった。

鉈弦の言いなりになる玻琉を責められない。いくら拒否しようと、あの手この手でしつこく絡まれれば、誰でも根負けするに決まっている。

もっともそのおかげで自分も現世を覗けるのだから、文句を言う立場にないというのも本当だ。

「やっぱり来たか」

控え室の前には、したり顔の鉈弦が待っていた。

ほら見たことかとでも言いたげな表情に顔をしかめたけれど、無言で歩み寄る。

「私は、ただ……清貴がどうしているのか、気になっただけで、本来こういうことは」

「ぐだぐだうるせえって。入るんだろ？」

くいと顎で促され、口を閉じる。清貴の姿を見たいという欲求に、どうしても逆らえなかった。

少しだけ、と心中で言い訳をして、後ろめたさを抱きつつも鉈弦が開いた扉から部屋の中へと入る。

「……え」

そこに思いもよらなかった姿を見つけ、目を瞬かせた。

「どうして」

玻琉、天樹、遙帳の中心にいるのは、誰あろう、閻羅王だ。一瞬、お叱りを受けるのではと冷や汗を掻いた那笏だが、どうやら杞憂だったらしい。

「鉈弦に請われて、譲歩したのだ。儂も鬼ではない。離れて過ごす八年の間、一年に一度、あちらで暮らす清貴の姿を見せてやることにした」

閻羅王はそう言うと、早く座るよう命じてくる。しかも驚かされるのはこれのみでは終わらなかった。

現世の光景が、目の前の大きなスクリーンに映し出されたのだ。まるで上映会さながらに、みなで現世を、清貴を見ることになった。

これはどういうことなのか。

問おうとしたが、スクリーンの中の清貴のアップに釘付けになり、それどころではなくなった。

清貴は、愉しげな笑みを浮かべている。

というのも。

『いいかい？　伊織が入ってきたら、この紐を引っ張って。たまくん、大役だからね』

どうやらサプライズをしかけているらしく、清貴が春雷にクラッカーを手渡す。そうか、今日は伊織の誕生日だったかと、すでにあちらの暦があやふやになっている那笏は、卓袱台の上のホールケーキで気がついた。

『これだな。承知致した』

春雷が真剣な面持ちで顎を引く。それを合図に電灯が消され――数分後、伊織が帰ってきた。

『ただいま～って、あれ？　たま、いないのか？』

真っ暗な部屋に、怪訝そうな伊織の声。伊織が電灯のスイッチをつけた、直後、パンとクラッカーの音が鳴り響いた。

「わ！　なんだ」

明るさを取り戻した室内で、清貴が苦笑を浮かべる。それもそのはず、クラッカーの音に身体（からだ）が勝手に動いたのだろう、春雷が伊織ごと部屋の隅へと逃げ去っていたのだから。

伊織を抱き、背中を丸めているその姿はまさに大きな猫のごとしだ。春雷は、畳の上に転がっている自身の鳴らしたクラッカーを警戒し、ふーふーと呼吸を荒らげている。

『ごめん。俺が説明しなかったせいで、きみまで驚かしてしまったね』

クラッカーを拾った清貴がそれを袋に入れ、ゴミ箱に捨ててなお隅から動こうとしないところをみると、よほど驚いたのだろう。

『あー、そうか。俺、今日誕生日だったか』

クラッカーとホールケーキを見た伊織が、照れくさそうに頭を掻いた。

『たま、大丈夫だって。あれは、そう、小さい花火みたいなものだから』

伊織の言葉でようやく春雷は理解したようだ。

『小さい花火か……なるほど』

平静を取り戻し、伊織から身を離すと、清貴に向かって頭を下げた。

『騒いで申し訳なかった』

同じ人外でありながら、こうもちがうものかと感心する。無遠慮で無礼な鉈弦とは大違いだ。

『本当そう。そもそも清貴叔父さんが危ないものを持ってくるわけな――』

笑い飛ばした伊織が、そこで言葉を切った。危ないものという一言に、どうやら伊織も清貴も春雷も同じ発想に至ったようで、なんとも言えず気まずい空気が流れる。

誰ひとりその名を口にしないのは、する必要がないからだった。

『あ、でも、俺たちが直接危害を加えられたわけじゃないし、もしかしたら、根は案外いい奴かもしれないし』

伊織が懸命にフォローしようとすればするほど微妙な雰囲気になっていき――とうとう清貴が音を上げた。

『気を遣わなくていいんだ。彼ほど危ない奴はいないって、俺が一番わかってるから。まあでも、ああ見えて可愛いところもあるんだけどね』

心なしか清貴の頬が赤らんだ。その顔から、清貴が本気で鉈弦を「可愛い」と思っているのが伝わってきた。

「さすが那笏の息子。鉈弦を可愛いなんて……器が大きすぎる！」

ほう、と吐息をこぼしたのは、天樹だ。

「本当ですね。よい青年です」

と、玻琉も同意する。

肝心の鉈弦がいまのをどう受け取ったのか、気になって窺うと、椅子に立て膝をして座ったままの姿勢でじっとスクリーンを睨んでいる。

鉈弦ならば大騒ぎしそうだと思ったのに、意外にも反応がない。聞き逃したのか、それとも特になにも感じなかったのか？

『わ、叔父さんからまさか悋気を聞くなんて』

伊織が目を丸くする。

『悋気？　そんなんじゃないよ』

すぐさま清貴はかぶりを振ったが、本人の意図に反して言葉を重ねれば重ねるほど伊織の言ったように悋気になっていく。

『俺はただ、確かに乱暴だけど、優しいときもあると知ってもらおうと思っただけだ。伝わりにくいだけで、ちゃんと他人を気遣う気持ちを持っている男なんだよ。一カ月に一度しかこちらへ来られないながらも、社会のルールを守ろうと彼なりに努力もしているし』

しかも清貴自身が自覚していないせいで、真顔で口にする様に、見ているこちらが恥ずかしくなってくる。

「不公平だ！」

突如鉈弦が椅子を蹴り、大きな音をさせた。無反応に見えたのは、必死で激情を堪えていたからだと燃えるような双眸でわかった。

清貴に会いに鉈弦が現世に行けるのは、八年に一度だ。現世では一カ月に一度でも、会えない間の八年は鉈弦にとってはつらいものだろう。

と、多少同情したのは間違いだった。

「なんで俺は八年に一度しか会えねえんだっ。おかしいだろ！　おっさんはすぐ傍にいて、いつでもやれるってのによ」

なんて破廉恥で、的外れな台詞だ！

鉈弦に指を差され、恥ずかしさと怒りでかあっと顔が熱を持つ。

「どうせ那笏に毎晩ハメてんだろ！　ハメてねえわけないよな。那笏の面見てみろよ。こっちに戻ってきたときとはまるで別人。めっぽう色艶がいいじゃねえか」

言いがかりにもほどがある。このまま好き勝手にさせておけば、自分はもとより閻羅王の沽券にかかわる。

「いいかげんにしてください！　そんな……の、あるわけないでしょう」

ぎゅっと握ったこぶしを震わせつつ、抗議する。

が、こちらの気持ちを少しも察することなく、鉈弦は鼻であしらった。

「事実だろうよ。目の前に惚れた相手がいて、やらねえとかあり得るか？　つか、やらねえ理由がない」

「じ……自分と一緒にしないでください」

なにを言われようと、鉈弦が間違っているのだから否定するしかない。みながみな、鉈弦のように単純で、直情的だと思うのが間違いだ。

「勝手に決めつけて。閻羅王は、あなたとちがって思慮深いのです。毎晩どころか、まだ一度しか……」

「那笏」

だが、単純なのは自分も同じだった。

閻羅王に制されて、はたと我に返る。羞恥心（しゅうちしん）のあまりなんとか正したい一心だったが、墓穴を掘ったと気づいた。

「い、いまのは……」

聞かなかったことにしてほしかったが、すでに手遅れだ。発した言葉を消せないことくらい、子どもでも知っている。

みなが気まずい笑みを浮かべるなか、鉈弦が頓狂な声を上げた。

「はあ？　一回？　一回しかやってねえって？　嘘（うそ）つけ。そんなこと、信じられるわけねえだろ」

那笏は、震えつつも唇を引き結ぶ。

「え……なに？　マジかよ。なんでそんなことになってんだ。あっちでよぼよぼのジジイだったから、こっちに戻っても勃たねえとか？　いや、颯介は別に勃たなくてもいいのか。あ、もしかして、颯介のあそこが狭すぎるってか？　態度はやたらでけえけど、見た目貧弱だもんな」

ぶつぶつと暴言にも等しい言葉をこぼす鉈弦に、動悸が激しくなる。てっきり閻羅王の雷が落とされるとばかり思っていたが、待てど暮らせどそれもない。閻羅王はいたって平然と構えている。

「鉈弦。それくらいで口を閉じよ。那笏が倒れるかもしれぬ」

この程度では鉈弦を図に乗せるだけなのに、という自分の考えはやはり正しかった。鉈弦は同情を込めた視線を自分と閻羅王に流してくると、柄にもなく神妙な面持ちで身を乗り出してきたのだ。

「清貴のために張形の制作を頼んだ奴がいるんだが、俺がそいつに言っていい道具を作らせようか？」

よもや清貴にそんな不埒な真似をしていたなど――自分の耳を疑う。いや、鉈弦ならばやりかねない。

それ以前に、閻羅王に対して不敬が過ぎる。

「ひ……つようありません！」

閻羅王に制されたとはいえ、清貴が絡んでくるなら黙っているわけにはいかず、ぴしゃりと撥ねつける。ここは毅然とした態度で応じなければ、今後もこういうやりとりをくり返すはめになるだろう。

「閻羅王も私も節度があるのです。鉈弦も、そういう言動を改めなければ、いまに清貴に愛想を尽かされますから」

那笏にしてみれば、これ以上ない脅し文句のつもりだった。しかし、鉈弦は慌てるどころか、口許に下品な笑みを引っかけた。

「どうだかなあ。清貴は俺に惚れてるからな。俺のを模った張形も気に入ってるみたいだぞ？ていうか、誰が愛想を尽かされるって？　その言葉、そっくりそのままおまえに返すぜ、颯介。あんまりもったいぶってたら、おっさんに愛想を尽かされても知らねえぞ」

「鉈……っ」

頭に血がのぼって、くらりと目眩がする。いったいどこから反論すればいいのか、もはやわからない。

だが、これだけは勘違いしてほしくなくて、那笏は閻羅王に向き直った。

「べつにっ……私は、もったいぶっているわけでは……」

あまりの恥ずかしさに狼狽え、身体がぶるりと震えた。すぐさま頼もしい腕が伸びてきて、励ますように肩を叩かれる。

「す……みません」

昂奮したこと、取り乱したことに対して謝罪したつもりだったが、この後、当の閻羅王から思いがけない一言が投げかけられた。

「いまのは、毎夜儂を袖にして、寄宿舎にまっすぐ帰ることへの謝罪であろうか？」

「え……」

いったいなんの話だ？　袖になどとんでもない。口ではどう言おうと、次に居館へ招かれる日を心待ちにしていたくらいだ。

「そもそも私は、誘われてもおりませんが」

声音に、少しばかり責める色合いが滲んでしまったのは、自分にしてみればせめてもの自己表現だった。ひとり浮かれているような気がして、この数日、閻羅王を憎らしく思う気持ちがなかったといえば嘘になる。

なぜなら、あの日。

——まあよい。そなたにはまだ儂の想いが伝わっておらぬようだから、今宵にでもじっくり教え込むとしよう。

そう言って居館に誘われておきながら、自分はうまくできなかったのだ。閻羅王に触れられて身体じゅうに悦びが満ちていった、その半面、初めてのときに乱れた自分を思い出してどうにも居たたまれなくなった。

鉈弦には一度といったものの、厳密にはちがう。数度にわたる行為は濃密で、閻羅王に従うのがやっとだった。自分が自分でなくなったようで、まさに夢の中の出来事さながらに翻弄されるがままになった。

あのときの自分は浅ましくなかっただろうか。また忘我して、みっともない姿をさらすはめにならないだろうか。

寝台の上で不安と緊張に駆られ、身が硬くなり、それを察した閻羅王が夜着を脱ぐ前にやめてしまったのだ。

——今宵はそなたを抱いて眠るとしよう。

そんな一言とともに。

その後、閻羅王は言葉どおりなにもせず、ただ抱き締めてくれた。安堵したのは一瞬で、まんじりともせず朝を迎えるはめになったのは自業自得だろう。

素直になればよかった。いまからでも自身の気持ちを正直に伝えるべきかもしれない。でも、呆れられたら？　ああでもない、こうでもないと考えているうちに数日がたっていて、那笏ははたとある事実に気づいた。

閻羅王からの誘いがないという事実に。

もしかしたら閻羅王は自分に失望したのか。今度は疑心暗鬼に駆られ、こちらからこの話題を持ち出すことも躊躇われて、自分はいま悶々とした日々を強いられている。

「なんと」

閻羅王が目を剝き、その後頷に手をやった。

「直截な誘いでは、そなたが尻込みすると思うて、なにかと用事を言いつけて儂のもとへ来るよう仕向けたつもりでおったが――伝わっておらなんだか」

「用事？」

用事と聞けば、心当たりはある。資料を居館まで持参してほしいとか、物忘れに悩んでいる使用人に、記憶のコツを教えてほしいとか、確かに何度か呼ばれたことがあった。

そのたびに自分は浅ましい期待を抱いてしまい……それを閻羅王に暴かれてしまいそうで直接の訪問は避けてきた。

冥官に代わりに行ってもらったり、メモを渡したりとその場をしのいだのだ。

まさか、あれらが誘いだったというのか。

「儂が悪い。そなたに無理をさせてしまったせいでもうその気がなくなったかと勘違いしそうになっていたばかりか、いままた鉈弦の放言を見過ごして、そなたの反応を窺うなど――愚かであった」

肩に添えられた閻羅王の手に、ぐっと力が入る。

「那箚。今宵、そなたを儂の居館に、いや、寝所に伴いたいと思うておる」

「…………」

「承知してはもらえぬか？」

鼓動は、いまや早鐘のごとく脈打っていて痛いほどだ。息苦しさすら感じるが、ここで黙り込んでいてはまた同じ失態を犯してしまう。あんな思いをするのは一度で十分だ。

臆病な自分に合わせてくれる閻羅王の期待を、今日こそ裏切りたくなかった。

「――はい」

顔から火が出そうなほどだが、迷わず頷く。

すると、周囲から拍手が沸き起こった。

「よかった、よかったね！」

天樹がそう言うと、

「本当に」

玻琉が涙を滲ませる。

遙帳など、なにかを噛み締めるかのようにぎゅっと目を瞑っていた。

不服そうな顔をしているのは、鉈弦ひとりだ。

「んだよ。ダシにされたんなら、見返りをくれてもいいんじゃねえか？　俺があっちに行けねえなら、清貴を呼んでくれ」

文句を垂れ始めた鉈弦を無視して、手を引かれるまま控え室を出る。去り際に閻羅王が鉈弦になにか耳打ちしたようだが、もうそれどころではなかった。

場所を閻羅王の居館に移し、あらためてふたりで向かい合う。初めてのとき以上の緊張感に、視線を合わせるのも難しい。

「なにか飲むか？」

喉はからからだ。しかし、飲み物を飲む余裕なんていまはない。使用人はどこに行ったのか、居館内に人の気配はなく、あまりに静かで、まるで自分の心臓の音が部屋じゅうに鳴り響いているかのような錯覚にすら陥るのだ。

「那箚」

閻羅王の手が伸び、髪に触れてきた。身を硬くした那箚は、苦笑されて慌てて言い訳をする。

「これは……怖がっているわけではないのです。先日も、ですが、ただ緊張しているだけなので、どうぞお気遣いなくお願いします」

初めてでもあるまいし、と呆れられるかと思えば、そうではなかった。ああ、と吐息をこぼした閻羅王は、那箚の手をとると自身の胸へともっていった。

「儂も同じだ。わかるか？」

手のひらに、閻羅王の力強い鼓動が伝わってくる。大きく、速く、閻羅王の言葉が嘘ではないという証明だ。

「……すごい」

思わずそう呟いた自分に、閻羅王がやわらかく目を細めた。

「やっと手に入れたと思うたら、どうやら柄にもなく臆病になっておったらしい。そなたに嫌われるのがなにより怖いゆえ」

「そんなこと」

閻羅王を嫌うなど、天と地がひっくり返ってもあるわけがない。そして、自分がどれほど深く想われていたかを実感する。

胸を熱くし、顔を上げた那笏は、もう一方の手を閻羅王の頬へとやった。

「臆病は、私の担当でしょう?」

そう言って踵(かかと)を上げ、自分から唇を近づける。つま先立ちになってもまだ足りなかったが、閻羅王が身を屈(かが)めてくれたおかげで、口づけることができた。

「那笏」

熱い吐息交じりで名前を呼ばれたのと同時に、身体が床から浮き上がる。そのまま寝所に連れていかれたが、寝台の上に下ろされたあとで、重要なことに気づいた。

「あの、湯浴みをしたいのですが」

一日じゅう働いたあとだ。執務室にこもりきりだったとはいえ、身体を清潔にしたい。そう申し出た那笏だが、閻羅王にあっさり撥ねつけられる。

「このままでよい」

「……私が気になります」

もはやこれについては返事すらない。あっという間に閻羅王の手によって官服を脱がされ、下着姿にされてしまう。

「でも」

重ねて頼もうとしたものの、人差し指を唇に押し当てられては、それ以上なにも言えなくなった。

「すぐに気にする余裕はなくなろう。なにより儂がこれ以上待たされたくないのだ」

「……閻羅王」

その言葉が本心からだと、熱い双眸で伝わってくる。閻羅王に間近で見つめられて、求められてどうして我を通そうなんて気になれるだろうか。

本音を言えば、自分としても一刻も早く抱き合いたいのだ。

「私も、です」

素直な気持ちで告げ、震える手を閻羅王の長衣(ながぎぬ)に伸ばす。羞恥心で脳みそが沸騰しそうになりながら、そうしたいという欲望には逆らえず、前をくつろげると硬い胸に手のひらで触れていった。

「那笏」

「私に……させてください」

胸から下へと滑らせていき、頭をもたげつつある中心を両手で包み込む。自分の手の中でいっそう硬さを増していくのが嬉しくて、愛撫に熱がこもった。

そのまま顔を近づけていったのは、自分にとってはごく自然な衝動だった。いや、衝動というより強い欲求だ。

もっと閻羅王によくなってほしいという気持ちがそうさせたのだ。

「那笏。無理をせずともよい」

普段よりやや上擦った声を耳にすると、なおさらたまらなくなってくる。

ふるりと首を横に振ってから、先端に口づけた。そして、ゆっくり口中に迎え入れていった。

やり方など知らないので、たどたどしくなるのはどうしようもない。技巧は拙くても、想いだけは精一杯込める。

「ん……ぅんんっ」

そのうち口淫に夢中になっていて、閻羅王を悦ばせたくて舌や喉まで使って懸命に奉仕した。

「あ」

閻羅王自身に引き離されたときには、名残惜しさすら感じたほどだった。

「すみません……うまくできなくて」

口許を拭いつつ、謝罪する。

「ばかなことを。驚くほどよかったというのに」

こめかみに唇を押し当ててきた閻羅王が、甘さを含んだ声で囁いてきた。

「ただ、儂が早くそなたの中に挿りたくて堪えられぬのだ。申したであろう？　待てない、と」

言葉どおり燃えるようなまなざしをまっすぐ向けてきた閻羅王は、かろうじて腕に引っかかっていた那笏の衣服を脱がしにかかる。手際よく一糸纏わぬ姿にされるとすぐに、寝台に俯せに転がされた。

「少しの間、耐えてくれ」

その言葉とともに脚を大きく割られる。あられもない格好にすぐさま閉じたくなるが、そうしないのは、自分に触れているのが閻羅王だからだ。

「あ……」

香油を使われてもされるがままになるのも同じ理由で、那笏自身の望みでもあった。

香油の甘い香りが寝所に満ちる。いくら二度目とはいえ、指で入り口を広げられる感覚は生々しくて、どうしたって逃げ腰になる。

指が挿ってくるとそこから耳を覆いたくなるほどの濡れた音がして、全身にざっと鳥肌が立った。

「うぅ……あ」

そればかりではない。

「那笏。そなたの中は熱いな。儂の指が溶けそうぞ」

さらには閻羅王が耳元でそんなふうに言ってくるせいで、震えが止まらなくなる。

「……ぁ」

頭の中がぼうっと霞(かすみ)がかかったようになり、視界も曖昧になる一方で、感覚だけは鋭くなっていく。

「私……変じゃ、ないですか？」

自分の腰から下がどうかなっているような気がして、不安に駆られてそう問うと、苦笑が返ってきた。

「変だというなら、儂のほうであろう。そなたをこの手に抱いてから、儂がどれほど浮かれておったか、知らぬであろう？　独り寝の夜、そなたの身体の心地よさを何度思い出したか。狭いのに、健気(けなげ)に儂に絡みついてきて——おかげで眠れぬ夜を過ごすはめになった」

「……閻……羅王」

「なにを案じる必要があるのだ。儂がこれほど想うておるのに」

こんなにも幸せなことがあるだろうか。

那笏は、涙で潤んだ目で閻羅王を見つめる。勝手に疑心暗鬼になってやきもきしていたなんて、無駄な数日を過ごしてしまった。閻羅王の誘いがないことに不安がってばかりいないで、自分の気持ちに正直になってこちらから誘えばよかったのだ。

「――はい」

小さく頷いた那筠は、勇気を振り絞って閻羅王に告げる。

「閻羅王の好きにしてください」

「そのような愛いことを言うと、困るのはそなたのほうぞ」

「私がそうしてほしいのです」

早く、と閻羅王を急かす。一刻の猶予もなかった。

閻羅王は喉を鳴らすと、即座に望みを叶えてくれた。

「そなたには勝てぬ」

指をそこから抜き、代わりに熱い屹立を押し当ててくる。反射的に身体に力が入ったけれど、それもわずかの間だ。

那筠と閻羅王に何度も呼ばれて、身体じゅう、どこもかしこも甘い蜜で満たされていく。

「あ、あ……うぅ」

初めてのときも乱れた記憶はあるが、二度目はより深い愉悦に我を忘れる。

「ああ、那筠。そのように締めつけては、もたぬではないか」

「知り……ませ……私は……あ、やぁ」

体内の深い場所をゆっくりと突かれることが、どうしてこれほどの愉悦をもたらすのか。乱れた姿など見られたくないのに、自制するのは難しい。

勝手に脚が開いて誘い込むような真似をしてしまうし、いやらしい声があとからあとからこぼれて那笏はすすり泣いた。

「え……らお……も……だめ、です」

回らなくなった舌で訴える。と同時に、堪える間もなく絶頂を迎えていた。

「あ……すみま、せん……私……」

「なにを謝るのだ」

髪に口づけてきた閻羅王が、過敏になった那笏自身に指で触れてくる。

「いま、触らない、でくださ……」

気がおかしくなりそうだ。そういう意味で許しを請うたけれど、閻羅王の指は退くどころかいっそう絡みつく。

「あ、あ……だめっ」

髪を振り乱して懇願しても同じで、体内を刺激されつつの行為に混乱する。自覚のないままたすぐに達したあとも、それが続くのだ。

「や……あぁ、こんな……っ」

「那笏。那笏。そなたが愛(いと)おしくてたまらぬ」

「あぁ」

閻羅王の体温、甘い声、匂い。

まるでそれは媚薬に等しい。

閻羅王に包まれ、雄々しい屹立で穿たれたまま抱き潰されて、那勿は涙をこぼしながら与えられる快楽に溺れていくしかなかった。


いつの間にか眠っていたようで、目覚めたとき、一瞬自分がどこにいるのかわからなかった。

反射的に身を起こそうとすると、腰に腕が絡みついて引き止めてくる。

「……閻羅王」

そうだった。昨日は閻羅王の居館を訪ねたのだ。そして寝所に移動し――半ば意識を手放すように眠りこけてしまったらしい。

状況を把握すると、途端に羞恥心が戻ってきて、頬が熱を持つ。身じろぎして離れようとしても、閻羅王は目を閉じているにもかかわらず解放してくれそうにない。

本当に眠っているのだろうか？

息を殺し、髪に手を伸ばしてみる。何度か梳くと、ふっと端整な顔が綻んだ。

「そなたから口づけしてくれるかと待っておったのに」

やはり起きていたのか。

「狸寝入りですか？」

「いや。いま起きようと思っておったところだ」

口ではそう言いながらなおも目を閉じたままの閻羅王は、髪に触れている那笏の手に自身の手を重ねてからこう続けた。

「そなたが口づけてくれるまで、儂は起きぬぞ」

「……また、そんなことを仰って」

子どもみたいに聞き分けがなくなる閻羅王に、那笏は頬を緩める。普段は泰然としている閻羅王のこういう一面を知れたのは、自分にとって嬉しい誤算だ。

些細なことひとつひとつで、愛が深まっていくのを感じる。

照れくささを押しやり、閻羅王に顔を近づけていった。

少し唇を触れ合わせるだけ、と思っていても緊張で鼓動が跳ねる。どきどきしつつ軽くキスをし、すぐに離れようとしたが、それより早く閻羅王の腕にぐっと力が入った。

「……んぅ」

深く合わさったかと思うと、口中に舌が入ってくる。上顎を辿られ、舌を絡められ、腰がじんと痺れるのはどうしようもない。

後頭部に手を添えられての激しい口づけに頭の中がぼうっとしてきた頃、ようやく唇は離れていったが、身体の熱を持て余すはめになった。

「那笏のおかげで、よい目覚めとなったぞ」

言葉どおり目を開け、満足げな表情になる閻羅王を涙目で睨めつけたところで、所詮敵うはずがない。

「湯浴みをして、務めへ向かう支度をしようか」

差し出された手に、正直に答える以外なかった。

「お先にどうぞ。私は……腰が立ちそうにありませんので」

きっとこれも閻羅王の手の内なのだろう。という予想はやはり当たっていたようだ。

「しょうがない奴よ。ならば、今日は儂が面倒を見るゆえ、そなたは安心して身を任せておればよい」

上機嫌でそう言ってくるが早いか、那笏の身体を軽々と抱え上げた。

「大丈夫です。あなたのあとで、自分で支度しますから」

たとえ無駄であろうと辞退したのは、那笏自身の都合だった。この調子で甘やかされていては、いまに自分は閻羅王に頼り切ってしまいかねない。頼って、甘えて、なにもかも委ねてしまう自分が容易に想像できるのだ。

「そんな困った顔をしても無駄よ。儂はそなたのそういう顔を好ましく思うておるのでな」

などと閻羅王が言うから、なおさら悪い。

「私は、あなたが傍にいないとなにもできない、駄目な配下になってしまいそうです」

なにしろ本気で案じている自分がばからしく思えるほど、閻羅王は事もなげな様子で笑い飛ばすのだ。

「それは願ってもない。すべて儂に任せよ」

そして。

「だが、那笏。ふたりでいるときのそなたは配下ではないぞ。儂は、そなたのことを情人で伴侶だと思うておる」

「――――」

さらりと口にされた一言は、不意打ちだった。閻羅王の情はひしひしと感じているものの、情人、伴侶という言葉にはとても冷静ではいられなくなる。

「儂の早とちりであるか？」

やわらかな表情での問いかけに、那笏は勢いよくかぶりを振った。

「い、いいえ。早とちりではありません」

これ以上の喜びがあるだろうか。

私のほうこそ、と胸を震わせつつ両腕を閻羅王の首に回す。

「ならばよい」

閻羅王とともに浴場へ向かう間も、雲の上でも歩いているかのような心地を味わっていた那笏は、「情人」「伴侶」という言葉を反芻(はんすう)する。これまであったことの全部を憶(おぼ)えている自分だが、いま、この瞬間の出来事はより鮮明に記憶に刻まれるだろう。

きらきらと、永遠に輝く光のごとく。

頭の中の宝箱に大事にしまっておいて、時折出して愛おしむ。きっとそんな記憶が、今後も増えていくにちがいない。

閻羅王の傍で、四人の仲間とともに過ごせる幸福をあらためて噛み締めていた。

閻羅王の深遠なる溺愛

控え室へ向かう途中の通路で、那笏の後ろ姿を見つけた閻羅王は自然に頬を緩めると、声をかけるためにそちらへ足を踏み出した。

しかし、それより早く那笏に近づいていったのは、冥官ふたりだ。いったいどんな用件なのか、身を乗り出す勢いで話し始めてしまった冥官たちのその表情から上役に対する信頼が手に取るように伝わってくる。

一方で那笏は熱心に耳を傾け、優しい心根がこの場面だけでもよくわかった。

少し待つかとその場で止まった閻羅王だが、冥官たちはなかなか立ち去ろうとはしない。なにやらやけに会話が弾んでおる、と焦れったく感じ始めた頃、ようやく冥官が去ったと思えば今度は天樹が駆け寄っていった。

大きな身振り手振りで話しかける天樹に、那笏も愉しげな様子で、時折頷く。さらにはそこに、玻琉、遙帳が加わり、まさに身内の集いという様相になってきた。

これはいくら待ったところで終わるまい。

ふたりきりになるのはあきらめ、閻羅王も足を踏み出す。と、タイミングがいいのか悪いのか、銚弦までもがやってきた。

「だーかーらー。ねちねちしつけえんだよ。根暗もいいかげんにしておかねえと、そのうちうんざりされて捨てられるぞ」

いったい誰に対して「ねちねち」だの「根暗」などというひどい言葉をぶつけているのか。鉈弦の暴言はいつものことだが、ここは間に入って一言忠告をと思った矢先、まさかの事実が判明する。

暴言の相手は、なんと那笏だったのだ。

「鉈弦」

鉈弦の真後ろに立った閻羅王は、がしりとその厚みのある肩を摑んだ。

「誰のどこがねちねちしていて根暗なのか、申すがよい」

到底看過できず、声高に鉈弦に問う。肩越しに振り返った鉈弦がまずいという表情をしたのもつかの間、すぐに鼻を鳴らすとこちらへ向き直った。

「痘痕も靨ってか？　颯介に決まってんだろ。颯介はあっちにいた頃から根暗だったし、俺と清貴の件だって、ねちねちしつけえし。貞操帯を作らせることの、なにがいけねえんだよ」

辟易した様子で両手を広げてみせる鉈弦に、那笏の頰が引き攣る。ぐっとこぶしを握ったかと思うと、鉈弦に食ってかかった。

「私が根暗だということについては反論しません。ですが、清貴に無体な真似を強いるのは許しません」

鉈弦の心情は理解できるが、那笏が怒るのは無理もない。清貴は、大事な息子だ。

「無体な真似ねえ」

那笏の怒りを歯牙にもかけず、鉈弦がぼそりと呟く。その目をこちらへ流してくると、にいっと意味ありげに唇を左右に引いた。

そして、

「最近の颯介は色香がだだ漏れだ」

唐突な一言とともに含みのある目つきで頭の天辺から足の先まで那笏を熟視した後、舌を覗かせ、自身の唇を舐めてみせる。故意であるのは明白だ。

「うまそうじゃねえか」

那笏に対して、なんと俗悪な言葉を！

反射的に鉈弦と那笏の間に割って入る。那笏への気遣いというより、鉈弦のような不届き者をこれ以上彼の視界に入れたくないというじつに個人的な心情からくる行動だった。

「無礼者め」

鉈弦を睨めつけたものの、当人は肩をすくめるだけでいっこうに気にかける様子はない。

「そのような邪な目で那笏を見るなど——那笏が穢れるであろう」

生真面目な那笏は、性的にも潔癖な部分がある。鉈弦の猥雑な話をまともに耳に入れては、卒倒してしまうだろう。

「おっさん、いつまで箱入りにするつもりだよ。いつまでたってもこれじゃ、颯介のためにならねえだろ」

呆れた口調で、知ったふうなことを問うてくる。もとより返答に迷いはなかった。

「いつまでもぞ」

しかし、これには他の者らが黙っていなかった。

「閻羅王！　那笏は、僕らの仲間でもあるんだから！」

天樹が声高に不満を述べてきたかと思えば、

「独り占めはよくないと思います」

普段は控えめな玻琉までめずらしく強い語調で断じてくる。遙帳に至っては、

「独占欲の強い男は嫌われるのが世の常」

などと耳打ちしてきたのだ。

「……なんとっ」

こちらにつくとばかり思っていたため、彼らの忠告には少なからず衝撃を受ける。いや、他の者らの意見など、この際どうでもいい。重要なのは、当の那笏がどう考えているのか、だ。

「那笏」

先ほどから無言を貫き、じっと耐えている那笏に向き直る。どこか憂いを帯びた表情にも見え、銃弦の暴言に心を痛めているにちがいないと手を伸ばしたものの、どうやらそうでは

なかったようだ。

「私が世間知らずで頼りないせいで、銃弦は案じてくれているのですね」

ため息混じりにそうこぼすと、長い睫毛を二、三度瞬かせた。

「私の話す現世での出来事など、退屈でしょう。つき合わせて申し訳ありません。もう二度としませんから安心してください」

「……は？」

那笏の一言に慌てたのは銃弦だ。なにしろ「現世の出来事」には、清貴が生まれてから大人になるまでのことが大いに含まれている。あちらの話を聞きたがる銃弦の目的はそれのみだと言っていい。

「なに勘違いしてんだよ、颯介。いつ俺が、おまえの話が退屈だって言ったよ」

ははと笑うその顔は心なしか引き攣っている。

当然だろう。清貴と離れている八年もの間、彼について話ができるのは父親である那笏ひとりなのだ。家族に背を向けた駄目な父親だったと那笏はなにかと自虐的な言葉を口にするが、そうとは思えないほど清貴をよく見ていた。

那笏自身、それに気づいていないようだが。

「私にはそう聞こえました」

「いやいやいや。だから、それがおまえの勘違いだって。俺はほら、こう見えて好奇心旺盛な男だし？　わりと面白く聞いてるんだぜ？」

「お気遣いは無用です」

ぴしゃりと撥ねつけた那笏に、ますます鉈弦は焦る。

「気遣いとかじゃなくてよぉ」

これほど必死で言い訳する鉈弦など、上役である自身であっても初めて目にする。

端から勝敗は目に見えていたことに、ようやく鉈弦も気づいたらしい。

「ああ、わかったよ」

渋い顔で顎を引くと、那笏に向かって頭を下げた。

「俺が悪かった。これでいいよな」

なにを言おうと分が悪いのは自身のほうだと、さしもの鉈弦も承知しているのだ。

「……鉈弦が謝るなんて」

皆が驚くのは当然だ。鉈弦が殊勝な態度で頭を下げる姿など、おそらく誰も見たことはないだろう。

「那笏、格好いい！」

天樹など昂揚に頬を染め、那笏に纏わりつき始める。

いや、天樹だけではない。背後で待機していた補佐までもが憧憬のまなざしを那笏に送っている。

ただでさえ現世から五部衆(ごぶしゅう)に戻ったという特別な経緯があるうえ、常日頃の近寄りがたい高潔な印象も相まって、冥官たちの間ではある種偶像視されているようだが――ますます助長するだろうことは火を見るより明らかだ。

「儂(わし)の那笏が素晴らしいのは、いまさら申すまでもなかろう」

閻羅王は皆に囲まれている那笏の肩へ手をやり、自身へ引き寄せた。

那笏が小さく息を呑(の)む。かと思うと見る間に頬を赤らめ、閻羅王、と小さく抗議してきた。

いくら睨(にら)まれたところで、潤んだ瞳では逆効果だ。情動に任せ、いっそう腕に抱き寄せる。

「はい解散！　もう、これ以上見てられない！」

お手上げとばかりに天樹がそう言い、皆を追い立てて去っていく。やっとふたりきりになったのをいいことに、閻羅王は滑らかな髪に唇を寄せた。

「い、いまのは……」

「この程度のやきもちは許してもらわねば」

どうやらこの一言は那笏を驚かせたらしい。

「やきもち、ですか？」

まるで初めて耳にする言語であるかのごとく、たどたどしく口にのぼらせる。

「儂がやきもちを焼いてはおかしいか？　そなたが皆に慕われるのはわかっておるが、儂と皆の立場のちがいをたまに示すくらいのことはよいであろう」

実際はたまにとは言い難い。婉曲的なものまで含めると頻繁に周囲に主張している。理由はいくつかあるが、重要なのは周囲への牽制、そして、当人である那笏にふたりの関係を常時意識させるのが目的だった。

さらには、誘い文句でもある。

何事も日頃からの積み重ねが大切なのだ。

「い……いいえ、おかしいなんて。ただ、やきもちなどという言葉を閻羅王が発せられたのが意外で」

「そうか？　儂も法壇を下りれば、恋に溺れたただの男よ」

「……っ」

頬のみならず、いまや那笏は耳や首筋まで熟した果実さながらに染めている。その姿に愛おしさがこみ上げ、きつく抱き締めずにはいられなかった。

「こんなところで、いけません」

ささやかな抵抗には煽られるだけだ。

「では、いますぐ儂の寝所に連れ帰ってもよいか？」

「それもなりません……務めが残っておりますので」

「明日にすればよい。儂の用だと言えば、誰もなにも申すまい」

「駄目、です」

拒絶の言葉とともに、両手でも押し返される。このままなし崩しに連れ帰ろうという考えはどうやら甘かったようだ。

「……じつは、閻羅王にお願いしたいことがあります」

あらたまってどうしたというのか、身を離すと那笏は一度唇を引き結んだ。

もとより那笏の申し出ならば、どんな望みも聞き入れる心づもりはあった。

なにしろ那笏ときたら、甘えることを知らない。それどころかふたりでいても公の立場の差を引きずり、一定の距離を保とうとするきらいすら感じさせる。その那笏が初めて「お願いしたい」と口にしたのだ。浮かれるのは当然だし、なんでも叶えてやりたいと思うのはいたってまっとうな感情だろう。

「なんなりと申すがよい」

一度大きく息をついてから、那笏は口火を切った。

「皆の前では、これまでどおり扱っていただきたいのです」

繊細な作りの面差しに、戸惑いの色が浮かんでいる。よほど言いにくいことなのかと思えば、じつに那笏らしい言葉が返ってきた。

「閻羅王がやきもちを焼いてくださるのも、特別扱いしてくださるのも嬉しいのですが……やはり、ひとりの臣下として困るのです」

過去の経緯もあって、那笏自身は自己評価が低い。当節、多少改善されたとはいえ、これについては口でいくら説明したところで難しい。時間をかけて少しずつ言動で示していく以外ないのだ。

それが那笏の性分であり、特性でもある。

そして、どうやら多少は努力の甲斐があったらしい。

「なにか、おかしいですか?」

恨めしげな目を向けられ、どうにも堪えきれずに那笏の頭に腕を回すとふたたび抱き込んだ。

「おかしいのではない。ただ、そなたが特別扱いと認識しておることが喜ばしいのだ」

とりもなおさずそれは、自分が特別扱いされるにふさわしい人間だと自覚しているという意味にほかならず、閻羅王にしてみれば歓迎すべきことだった。

「それくらい……さすがに気づきます」

ふいと、拗ねたそぶりで那笏が顔を背ける。その様子も愛らしく、いっそう頬が緩んだ。

「どうやら儂は浮かれすぎておったようだな。あいわかった。今後、皆の前では自重しよう」

ただし、と先を続けていく。

「その代わり、儂とそなたのふたりきりのときは存分に特別扱いさせてもらうぞ?」

同意を求めて、那笏の顔を覗き込む。睫毛を震わせた那笏は、躊躇いがちではあるものの小さく頷いた。

「では、さっそく実行させてもらおう」

そう言うが早いか、結局仕事を後回しにさせて居館へ連れ帰る。まっすぐ足を向けたのは、言うまでもなく寝所だ。

「閻羅王……務めが残っていると言ったはずですが」

なおも野暮な一言で抗おうとする那笏の口を人差し指で塞いだあと、噛んで含めるようにこう言った。

「儂の機嫌をとることもそなたの大事な務めぞ。数人がかりになるとはいえ笏の務めの代役はおるが、これればかりはそなたにしかできぬのだからな」

「……閻羅王」

那笏の唇が少しばかり尖る。本人は気づいていないようだが、照れたときの那笏の癖だ。そんな様子を前にしてどうしてなにもせずにいられるだろう。胸の疼きに従い、愛らしい唇に軽く口づけた。

「納得してくれたか?」

「なにやらうまく丸め込まれているような気がしますが」

「めっそうもない。儂はいつのときも本心しか言わぬぞ?」

息が触れ合うほど間近での会話を愉しみつつ、那笏の長衣を脱がせにかかる。こういう部分も含めて「丸め込まれて」と言っているのは承知しているが、気が急くのだからしようがない。

寝所にふたりきりという状況にあるのに、衣服は邪魔なだけだ。

よけいなものをすべて取り払い、肌（はだ）を密着させて心ゆくまで那笏を味わいたい。その衝動をどうして耐えられるだろう。愛しいひととふたりきりのいま、耐える必要もない。

身を委ねた閻羅王は、この後目も眩（くら）むようなひと時を過ごしたのだった。


「那笏、最近強くなってきて、ますます魅力的になりましたね」

通路を歩きつつため息をこぼした玻琉に、天樹が同意する。

「ほんとそう。それに比べて閻羅王はどうなの。これ以上尻（しり）に敷かれちゃったら、冥府（めいふ）の王としての威厳に傷がついちゃうんじゃないかな」

困ったものだと言いたげな天樹だが、どうやら鉈弦は別の考えを持っているようだ。はっと鼻を鳴らすと、半笑いで肩をすくめる。

「あー、ガキにはわかんねえか。あれは、わざと敷かれてやってるんだよ」

「え」

驚いたらしい玻琉と天樹が足を止める。遙帳も、顔にこそ出していないとはいえ少なからず鉈弦の言葉に興味を持ったのだろう、ふたりに合わせてその場で立ち止まった。

「わざと敷かれてるって、どういうこと？　なんで閻羅王がそんなことしなきゃならないわけ？」

よほど納得がいかないのか、天樹は鉈弦との距離を縮めて詰め寄る。

明後日のほうを向いて耳を掻いた鉈弦は、冷めた半眼を天樹に流した。

「自分で考えろ——と言いたいところだが、おめえみたなガキじゃ答えが出るまで何千年かかるかわかんねえからな」

そう前置きし、三人の顔を順に見ていってからおもむろに口を開いた。

「そりゃあ、そのほうがうまくいくからに決まってんだろ。尻に敷かれてやりゃあ、颯介だっていい気分になってむげにできなくなる。となれば、こっちのもんだ。なんやかんやで床に引き摺り込む手間が省ける」

得々と語った鉈弦に対して、天樹と玻琉はなお不満げだ。ぴんときていないだろうことが、表情からわかる。

「だから、なんやかんやってなに」

そこが肝心とばかりに、さらに質問を重ねる。

「知るか」

しかし、そっけない返答で一蹴した鉈弦は、先を続けていった。

「他人がどんな手を使ってるかなんてどうでもいいし。俺と清貴のことならいくらでも話してやるぞ？　清貴はよぉ、なかなかその気にならないぶん、一度昂（たかぶ）らせてしまえばもうすごいのなんのって。だから俺は清貴をその気にさせるために、尻にも敷かれるし、殊勝な態度も見せる。素直に助言に耳を傾けてやるわけよ。現世のルールがどうの常識はどうのって、くそつまんねえ話にもな。で、たまに拗ねてやると、あいつ――って、聞けよ」

どうやら鉈弦の下（しも）事情には興味がないらしく、天樹はあからさまに不服そうな態度になり、玻琉は両手で耳を押さえる。唯一遙帳のみが鉈弦の言葉を聞いているが――こちらは反応が薄く、話し相手として適役ではない。

「もういい。わかったから」

天樹がふたたび足を踏み出した。

「ようするに、鉈弦も閻羅王も色惚（いろぼ）けってことでしょ」

「策士って呼べよ」

「色惚けだって」

「これだからガキは」

低次元の言い争いに、先に飽きたのは鉈弦だった。

「まあ、てめえも可愛（かわい）がってくれる奴のひとりやふたり見つけたらわかるだろうよ」

そんな捨て台詞（ぜりふ）を残し、嵐のごとく去っていく。

「うるさい！　銃弦のくせに！」

通路に響き渡る天樹の怒声を受け止めたのは、玻琉と遙帳のふたりだった。

「銃弦の言うことを真に受けていたら、ばかを見ますから」

「ああ、玻琉の言うとおりだ」

場を和ませようとした玻琉と遙帳だったが、実際はその必要はなかったらしい。直後、ぼそりと漏らされた天樹の本音をふたりははっきり耳にした。

「……恋がしたい」

いったいなんと声をかければいいというのだ。いくら親しくても、いや、親しいからこそ繊細な問題に首を突っ込むことはできない。玻琉と遙帳は顔を見合わせるだけで、なにもできなかった。

いまの天樹には、慰めも励ましもおそらく無駄だ。

「銃弦に負けてるような気がする」

そもそもこんな台詞が出てくる時点で恋はまだ遠いと、たとえ考えていたとしても。

ふたりができるのは、友人として黙って傍にいること、それだけだった。

あとがき

こんにちは。初めまして。高岡です。

本作、ニライカナイ～永劫の寵姫～を刊行していただけることになり、喜びの舞を踊る勢いの嬉しさを噛み締めているところです。

じつは本作はシリーズ第三弾でして、過去に二作ニライカナイというタイトルで他社さんから発売されています。

諸般の事情で三作目を書けないままになって、ほぼあきらめていたのですが、ちょっと待て、と。

なにもしないうちからあきらめていいの私、とある日突然思い立ちまして、恐る恐る担当さんにメールを送った次第です。

すぐにお電話をいただいたとき、その早さに「あ、そりゃそうよね。前作から年月たってるし、いきなりこんなこと持ちかけられても困るよね」というテンションで応じてしまったのですが、よもや快諾してくださるとは……。

こちらからお願いしておきながら、耳を疑ったくらいです。

でも、おかげさまで閻羅王とお祖父さんを書かせてもらうことができました！　快く引き受けてくださった担当さんとルチル文庫さんには心から感謝しています！

三作目といっても、今作はゼロと言いますか、ビギニングと言いますか、前二作よりも前のお話になっています。なので、ここから読んでいただいてもまったく問題ありません。

刊行順か、時系列順か、お好きなほうでお手にとっていただけますと嬉しいです。

さて、そんな本作。笠井あゆみ先生にイラストを描いていただけることになりました！　華麗なイラストの数々に、ＰＣの前で思わず声を上げてしまいました。

笠井先生、本当に素晴らしい閻羅王と那笏、そして五部衆の面々をありがとうございます！　ずっとそわそわしっぱなしです。

担当さんも、本当にありがとうございました。

前二作をお手にとってくださった皆様、そして斑目ヒロ先生にも心からの感謝を。

おかげさまでお祖父さんのお話にこぎつけました！

ここまでくると、あとはお迎えいただくばかりなのですが……普段以上に緊張しきりで落ち着きません。

とりあえずもうできることはないので、ひたすら祈りたいと思います。

ニライカナイ ～永劫の寵姫～。

どうか少しでも愉しんでいただけますように。

高岡ミズミ

✦初出　ニライカナイ ～永劫の寵姫～……………書き下ろし
誓いは甘き褥にて………………………書き下ろし
閻羅王の深遠なる溺愛…………………書き下ろし

高岡ミズミ先生、笠井あゆみ先生へのお便り、本作品に関するご意見、ご感想などは
〒151-0051 東京都渋谷区千駄ヶ谷 4-9-7
幻冬舎コミックス　ルチル文庫「ニライカナイ ～永劫の寵姫～」係まで。

幻冬舎ルチル文庫

ニライカナイ ～永劫の寵姫～

2020年4月20日　第1刷発行

✦著者	高岡ミズミ　たかおか みずみ
✦発行人	石原正康
✦発行元	株式会社 幻冬舎コミックス 〒151-0051 東京都渋谷区千駄ヶ谷 4-9-7 電話 03(5411)6431［編集］
✦発売元	株式会社 幻冬舎 〒151-0051 東京都渋谷区千駄ヶ谷 4-9-7 電話 03(5411)6222［営業］ 振替 00120-8-767643
✦印刷・製本所	中央精版印刷株式会社

✦検印廃止

ISBN978-4-344-84650-0　C0193　Printed in Japan